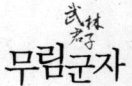

무림군자

장진영 新무협 판타지 소설
FANTASTIC ORIENTAL HEROES

무림군자 3

장진영 新무협 판타지 소설

초판 1쇄 찍은 날 § 2010년 2월 10일
초판 1쇄 펴낸 날 § 2010년 2월 17일

지은이 § 장진영
펴낸이 § 서경석

편집장 § 문혜영
편집책임 § 서지현

펴낸곳 § 도서출판 청어람
등록번호 § 제1081-1-89호
등록일자 § 1999. 5. 31
어람번호 § 제2-1888호

주소 § 경기도 부천시 원미구 심곡2동 163-2 서경B/D 3F (우) 420-822
전화 § 032-656-4452 팩스 § 032-656-4453
http://www.chungeoram.com
E-mail § chungeoram@chungeoram.com

ISBN 978-89-251-2084-3 04810
ISBN 978-89-251-2044-7 (세트)

3
격동천하(激動天下)

武林君子

무림군자

FANTASTIC ORIENTAL HEROES

장진영 新무협 판타지 소설

도서출판
청어람

目次

第一章
스승의 발자취

武林
君子
무림군자

1

중천에 떠오른 해가 숲 안을 비추었다. 나뭇가지 틈새로 새
어 나온 빛줄기에 꽃들이 모처럼 잎을 벌리고 다투어 향기를
피워 올렸다.

나뭇가지에서 떨어져 나온 잎들이 사뿐히 즈려밟은 걸음
에 부서지고, 걸음의 장본인인 두 명의 사내는 무언가를 찾고
있는 듯한 모습이었다.

무복을 입은 사내는 백포인을 따라 산어귀를 오르며 무언
가 마음에 들지 않는 듯 연신 투덜대고 있었다. 그들은 얼마
전 서안을 떠나온 무명과 모용찬이었다.

무명의 오래된 기억을 따라 깊은 계곡을 지나 산을 거슬러

올라가는 모용찬은 짜증이 가득한 표정으로 길을 가로막은 나뭇가지와 넝쿨들을 걷어내었다.

"어디까지 가시는 겁니까? 정말 있기는 한 곳인가요?"

모용찬의 짜증에 무명이 웃으며 답했다.

"힘드십니까?"

"예, 당연하지요. 제대로 쉬지도 않았잖습니까? 야지에서 자고, 매일 걷고……."

벌써 며칠째 같은 자리를 맴돌고 있었다. 모용찬은 길을 제대로 찾지 못하는 것도 짜증이 났지만, 육체적으로 오는 피로 때문에 더욱 화가 났다.

'제길, 도대체 어째서 멀쩡한 거야? 난 힘들어 죽겠구만…….'

경공을 사용하지 않기는 매한가지인데 무명은 아무렇지 않아 보였다.

'정말이지 괴물 같은 남자라니까.'

기련산의 초입.

무명의 머릿속으로 오래전 가슴속에 묻어둔 기억이 맴돈다.

자신을 노예에서 벗어나게 함으로써 깊은 상처를 입어야 했던 일향촌을 찾고 있었다.

아름드리로 자라난 거대한 나무들과 사람이 찾지 않아 사라지기 일보직전인 산길은 잊었던 기억을 떠오르게 했다.

"도대체 언제까지 찾아다닐 겁니까? 이건 뭐, 길도 없구만."

"글쎄요. 워낙 오래전이라……."

자라난 나무들이 우거져 길조차 보이지 않은 지 한참의 시간이 지났다.

딱, 딱.

모용찬은 신경질적으로 앞을 가로막은 나무줄기를 헤치다 갑자기 걸음을 멈춘 무명을 쳐다보았다.

무명의 눈에는 아련한 기억을 회상하는 듯 그리움이 어려 있었다.

"여긴가요?"

"아마도……."

무명은 그때 일향이 노예로 사지 않았다면 자신이 어떤 모습이 되었을까를 떠올렸다.

수풀과 이끼를 치워내자 그 틈새로 조그마한 동혈이 나타났다.

"너무… 좁지 않은가요?"

"글쎄요. 당시에는 무척이나 크다고 생각했는데……."

막혀 버린 바위틈을 조금씩 치워내고 한참을 들어가자 거대한 분지가 드러났다.

수많은 가옥이 지어져 있던 촌락과 분지의 중심을 흘러내리는 폭포를 비롯해 산자락을 따라 만들어진 화전, 그리고 불

어오는 바람에 땀을 적시던 아낙들의 모습이 아련히 되새겨
졌다.

해맑은 웃음을 지으며 뛰노는 아이들의 모습이 있던 평화
로운 일향촌은 이제는 사라져 버린 기억일 뿐이었다.

"와! 이런 곳이 정말 있군요. 완전 천혜의 요새네요."

깎아지른 듯한 절벽에 둘러싸인 거대한 분지의 장관은 모
용찬이 감탄성을 터뜨렸다. 심양을 벗어나 본 적이 없는 모용
찬에게는 충분히 감흥을 줄 만했다.

하지만 버려진 일향촌을 바라보는 무명의 가슴은 무겁기
만했다. 팔 년 만에 찾아온 일향촌은 긴 세월이 흘러 논과 밭
이 온데간데없이 사라져 버리고 무성히 자란 초목과 폐옥들
만 쓸쓸하게 남겨져 있었다.

"사람이 살았던 모양이군요?"

군데군데 불에 그슬린 채 남은 초옥들을 둘러보며 모용찬
이 물었지만 무명은 대답하지 않았다.

무명에게는 모두가 지나간, 슬픈 기억일 뿐이었다.

"응?"

무명이 추억에 젖어 있는 동안 이곳저곳을 둘러보던 모용
찬이 한편에 만들어진 묘지들을 발견했다.

"묘지군요? 정말 아무도 찾지 않은 모양이네?"

흙으로 둔덕을 쌓은 묘지는 온통 잡초투성이였다.

"후우, 도와주시겠습니까?"

"뭘요?"

"벌초를 해야겠습니다."

"……."

누군지도 모르는 묘에 '벌초를 하겠다'는 무명의 말이 의 아스러웠지만, 일단은 검을 꺼내 풀을 베어내기 시작했다.

한참 후에야 제법 모습을 갖춘 분묘 앞에 무명이 앉았다.

'금취산, 탑석, 살리단…….'

무명의 얼굴이 너무 슬퍼 보여 모용찬은 아무런 말도 하지 못했다.

"늦어서 죄송합니다."

무명은 분묘를 손으로 쓸며 혼잣말처럼 세상에 없는 그들을 향해 사과했다. 오래전 자신으로 인해 죽었다고 생각했던 이들이 버려진 채로 쓸쓸히 남아 있질 않은가.

정성스럽게 재배한 무명이 누군가를 찾기 위해 고개를 돌린다.

일향은 분명 그때 살아남았으나 당시에 죽은 일향상단의 행수 곽두수의 묘가 보이질 않았다.

"왜 그러십니까?"

"한 분의 묘가 보이질 않는군요."

"그렇습니까?"

"음, 하긴 그때 그의 아들이 살아 있었으니 모셔 갔을지도 모르겠군요."

"음, 아들이 살아남았다면 그랬을 수도 있겠지요. 부모의 묘를 이런 오지에 두지는 않았을 테니까요."

*　　　　　*　　　　　*

사천 아미산(峨嵋山) 산기슭.

거대하게 만들어진 봉분과 화려하게 지어진 묘비 앞에 비단 장삼의 사내가 서 있었다. 백익선(白翼扇)을 손에 든 그는 낮게 가라앉은 목소리로 말했다.

"아버님, 놈이 돌아왔습니다. 잘도 살아 있더군요. 저는 절대로 놈을 용서하지 않을 생각입니다."

그는 다름 아닌 사흑련의 군사, 독서생 곽주한이었다. 한참 동안 곽두수란 이름이 적힌 묘비를 바라보던 곽주한이 싸늘한 얼굴로 고개를 돌린다.

"아십니까? 그가 풍룡이라더군요. 당신이 마을을 버려가면서까지, 내 아버지를 죽음으로 내몰면서까지 보호했던 그 아이란 말입니다. 알고 계십니까?"

곽주한이 옆에 앉은 하얀 면사의 여인을 비웃는다.

"두고 보세요, 제가 그 녀석에게 어찌 복수하는지. 아주 처절하게 부숴 버리겠습니다. 그리고 그의 목을 당신에게 던져주지요. 이미 암혼 둘을 보냈습니다. 죽이라 명하진 않았습니다. 그의 목에 검을 박는 사람은 바로 저일 것입니다."

곽주한은 매서운 얼굴로 여인을 노려보고는 몸을 일으켰다. 그러나 여인은 곽주한이 완전히 사라질 때까지 아무런 말도 하지 않은 채로 묘비를 바라보았다.

'그때… 모든 것이 제 실수였을까요? 휴우, 저 아이가 바르게 자라기를 기대한 것은 모두가 제 욕심이었던 모양입니다.'

한숨을 내쉰 여인은 문득 품에서 얇은 천 조각을 꺼내 바라보았다.

'그 아이는 풍룡이라는 이름으로 돌아왔다는데… 너는 어디에 있는 것이냐, 량아…….'

얇은 천 조각은 그녀에게 있어 자신의 혈육과 이어주는 유일한 매개체였다. 오래전 어쩔 수 없이 떠나보내야만 했던 그 아이를 백방으로 수소문하여 찾아보았지만 모두가 허사였다. 지금에 와서는 그 생사마저 불분명했다.

"그때 그리 보내는 것이 아니었는데……."

여인의 얼굴에 씁쓸한 미소가 지어졌다.

여인은 한참을 그렇게 묘비와 손에 쥔 천 조각을 바라보다 힘겹게 일어났다. 함께 온 여인들이 그녀를 부축하려 했으나 여인은 손을 내저어 제지했다.

"되었다. 그냥 두어라. 오늘은 그냥… 홀로 걷고 싶구나."

무척이나 천천히 걸어 묘지를 떠나는 여인.

그녀는 한쪽 다리가 불편한지 지팡이를 짚은 채로 절뚝거렸고, 불어오는 바람에 휘날린 고운 면사 아래로 흉측한 상처가 고스란히 드러났다.

＊　　　＊　　　＊

"그는 당시에 분명 저를 원망했습니다. 그때 그의 아버지가 죽었지요. 비단 그의 아비뿐 아니라 수많은 이들이 죽었습니다. 그는 모든 것이 저 때문이라고 믿고 있습니다."

"흠, 그럴 수도 있겠네요."

"아니요. 분명 그럴 것입니다. 저 또한 그때 일어난 모든 일이 저 때문이라 생각하고 있으니까요."

"에이, 신경 쓰지 마세요. 이미 한참이나 세월이 흘렀지 않습니까?"

모용찬의 위로에 무명이 고개를 저었다.

"아니, 살아 있다면⋯ 그에게 반드시 용서를 구할 작정입니다."

"⋯⋯."

한참 동안 회상에 잠겨 있던 무명이 천천히 몸을 일으켰다.

"십 년 전까지만 해도 이곳에는 많은 사람들이 살았었습니다. 모두가 착하고 여린 분들이었지요. 한데 지금은 폐허가 되어버렸군요. 하긴, 그때 분명 다른 곳으로 이동했을 테니⋯⋯."

무명의 자조적인 목소리에 모용찬의 마음마저 무거워지는 듯했다.

"그들을 다시 만날 수 있을까요? 다시 찾을 줄 알았다면 스승님께 여쭈어볼 것을 그랬습니다."

"걱정 마세요. 분명 다시 만나뵐 수 있을 것입니다."

모용찬은 슬퍼 보이는 무명에게 어떤 사연이 있는지는 몰랐지만 위로의 말을 전했다.

"내려가시지요. 이젠 모든 볼일이 끝났습니다. 더 이상 과거에 연연해서는 안 되겠지요."

"예. 한데 이제 무엇을 하실 생각입니까?"

"글쎄요. 어차피 무인으로 살기로 한 이상, 무의 끝을 볼 생각입니다. 세상을 좀 돌아보기도 해야 하구요. 그러다 보면 스승님을 다시 뵙게 되겠지요. 원체 바람 같은 분이니……."

"무극을 말씀하시는 건가요?"

무명이 청풍검객과 사흑련주에게 말했던 화두, '무극'.

모용찬은 가만히 고개를 끄덕거렸다. 아직은 햇병아리에 불과한 자신이었지만, 언젠가 자신도 무명이나 그들처럼 무극에 대해 갈구하게 될지도 몰랐다. 언제가 될지도 모르지만.

"예. 학문으로 성(成)하지 못했으니까요. 모용 공자께서는 어떤 꿈을 꾸고 계십니까?"

"저는 검의를 깨달아보고자 합니다."

"검의요?"

"예. 일전에 사흑련주를 만나고 깨달은 것이 많았습니다. 그가 보여준 경지는 제게 있어서는 신선한 충격이었으니까요."

"그렇군요. 그리된다면 언젠가 모용 공자도 무극을 바라보게 되겠군요. 이것 참, 서로가 같은 곳을 바라보게 될지도 모르겠습니다."

"그런가요? 하지만… 전 아직 멀었습니다."

"걱정 마세요. 곧 도달하실 수 있을 겁니다. 조바심은 항상 일을 그르치지요. 조금씩 정진하다 보면 분명 모용 공자도 무극에 이르실 겁니다. 자, 그럼 내려가실까요?"

무명은 아쉬움을 뒤로하고 폐허가 된 일향촌을 빠져나왔다.

일향촌으로 통하는 유일한 문인 바위틈은 더 이상 사람이 찾지 못하도록 무명이 막아버렸다. 바위 틈새를 무너뜨려 아무도 들어갈 수 없는 공간으로 만든 무명과 모용찬은 기련산을 내려갔다.

2

일향촌을 떠난온 무명과 모용찬이 도착한 곳은 감숙성 장액현(張掖縣)이었다.

모용찬이 많이 지쳐 있는 상태라 한동안 이곳에 머물며 생각을 정리하기로 한 무명은 객점을 찾기 위해 마을로 들어가다가 이름없는 대장간을 보았다.

땅! 땅! 땅!

일정하게 망치를 내려치는 소리가 마을 안을 울리고, 가열로에서 피어오르는 맑은 연기가 하늘 높이 치솟고 있었다.

"대장간이군요."

"그러네요."

"꽤나 좋은 소리입니다. 아마도 대장일을 하시는 분이 제법 명인인 모양입니다."

무명의 말에 모용찬이 그를 힐끔 쳐다보았다.

"혹, 대장일에도 조예가 있으십니까?"

"대장일요? 아니요. 문득 그런 생각이 들었습니다. 실제로 대장간을 처음 봅니다만……."

"……."

"오래전 '잡학기서' 라는 책에서 그러한 글을 보았지요. '진정으로 뛰어난 명인은 그의 결과물이 아니라 과정에서도 사람들 마음속에 울림을 만들어낸다' 구요."

무명이 가만히 눈을 감고 귀를 기울였다.

"한데 이 소리를 들어보세요. 쇠가 부딪치는 소리라고는 상상하기 힘들군요. 이건 마치 쇠와 두드리는 사람의 마음이 공명하는 듯한 소리이지 않습니까?"

다소 어려운 말이어서 무명이 말하는 바를 완전히 이해하지는 못했지만, 들려오는 소리는 쇠에서 난다고 하기에는 너무도 부드럽다는 생각이 들었다.

"흠, 안 그래도 검을 하나 사고 싶었는데… 때마침 좋은 인연이 닿았네요. 이런 소리를 만들어내는 분이라면 분명 뛰어난 검을 만들겠지요."

"아마 그렇겠군요."

무명의 말에 모용찬이 가만히 고개를 끄덕였다. 그들은 곧 조심스럽게 대장간의 문을 열었다.

화르륵.

화덕 속에서 피어오르는 시뻘건 불길이 쇠를 달구고, 대장장이는 벌게진 얼굴로 땀을 뻘뻘 흘리며 달아오르는 쇠를 무심하게 쳐다보고 있었다.

땅! 땅! 땅!

붉게 달구어진 쇠는 듣기 좋은 울림을 만들어내고 있었다.

무명과 모용찬이 다가섰음에도 대장장이는 손을 멈추지 않았다. 엄청난 집중력으로 자신이 만들고 있는 작품에 몰두하고 있었다.

"저……."

모용찬이 말을 걸려 하자 무명이 막아서며 고개를 내저었다.

무언가 묻고 싶었지만 무명의 미소에 모용찬은 아무 말 없이 그의 옆에 서서 대장장이를 지켜보았다.

한참이나 두들긴 쇠가 내려쳐지는 망치에 모양을 갖춰가자 몇 번이고 살핀 대장장이는 만족스러운 미소를 지으면서 물속에 집어넣었다.

달구어진 쇠가 급속도로 냉각되면서 새하얀 연기를 피워 올렸다.

"휴우… 응?"

그제야 인기척을 알아차린 대장장이가 무명과 모용찬을 향해 시선을 돌렸다.

"아, 이런 죄송합니다. 말이라도 하시지 않고……."

"아닙니다. 망치질 소리가 너무도 좋아 감상하던 중이었습니다."

"……."

무명의 웃음에 대장장이는 고개를 갸웃거리기만 했다. 이상한 사람이 아닌가? 대장간의 망치 소리가 듣기 좋다 하는 사람은 자신이 이 일을 하는 동안 처음 있는 일이었다. 하지만 이내 생각을 떨친 그가 환하게 웃으며 물었다.

"그래, 무얼 사러 오셨습니까?"

"아, 저는 그냥 검이나 한 자루 사볼까 하는 마음에 들렀습니다."

"검이라구요?"

"예."

"……."

무명의 대답에 대장장이가 자신이 잘못 들은 것은 아닌가 하며 무명을 유심히 쳐다보았다.

"이런이런, 잘못 찾아오신 건 아니신지?"

"예?"

"금마령(禁摩令)을 모르십니까? 병장기는 아무 곳에서나 생산하지 않습니다. 오직 관에서 지정된 곳에서만 생산이 되지요. 무인이시라면 명패를 가지고 그곳으로 가시는 게 좋을 듯합니다. 이곳에서는 농기구류밖에 만들지 않습니다. 칼이라고는 일상적으로 사용되는 부엌칼 정도가 전부입니다."

"아!"

무명으로서는 처음 듣는 말이었으나 '금마령'의 내용을 얼추 알고 있는 모용찬이 탄성을 터뜨렸다.

"그러고 보니 세가에서도 대장간에서 검을 사서 쓰지 않았습니다. 지정된 대장간에서만 가능한 것이지요. 이제야 생각나다니……."

"그렇습니까?"

"예."

"하지만 혹, 제게 검을 만들어주실 순 없는지요?"

고개를 끄덕이고 잠시 생각하던 무명이 대장장이에게 재차 물었다.

대체 무엇 하는 자일까? 함께 온 자가 세가라 했으니 중원의 무가와 관련이 있는 것이 분명한데, 금마령을 어기면 어떤 처벌을 받는지 어찌 모른단 말인가.

"그것이……."

대장장이가 난처한 표정을 짓자 모용찬이 옆에서 거들었다.

"무명님, 그건 불법이라구요. 관에서 엄격히 금하고 있는 일이라 잘못하면 치도곤 정도로 끝나지 않는다는 말입니다."

"예, 공자님의 말이 맞습니다. 검을 만들지 않은 지 벌써 수해가 되었는데……."

"그렇다면 혹여 소장하고 계신 검은 없으신지요?"

모용찬은 어째서 그가 이렇게 고집을 피우는지 알 수가 없었다. 지금 세상에 금마령을 어겨가며 검을 만들어줄 대장장이가 어디에 있단 말인가.

"응? 손님인 게냐?"

"아, 아버님, 들어오십니까?"

막 밖에서 들어오던 대장장이의 아비가 무명과 모용찬의 위아래를 훑어보았다.

"오냐. 웬 손님이기에 이리 소란인 게냐?"

"아, 그것이… 검을……."

"검이라고?"

"예. 안 된다 했는데 자꾸만 고집을 피우셔서……."

술에 취한 모습이었으나 노인을 보는 순간 무명은 숨이 턱 막히는 것만 같았다. 기이한 노인이 아닌가? 어찌 한갓 대장 장이인 자가 저런 분위기를 가지고 있단 말인가? 내공의 높낮이로 아는 것이 아니다. 사실 그의 기도는 일반인과 다를 바가 전혀 없었다. 하지만 피부에 와 닿은 대기가 엄청난 압박감을 느끼게 했다.

"보아하니 대가 댁의 자제 분들 같은데……. 금마령을 모르시는 겝니까?"

그 말에 무명이 공손하게 답했다.

"아닙니다. 나라에서 금하고 있다는 말은 방금 들어 알고 있습니다, 어르신."

"그런데 어찌?"

"사실은 저는 처음으로 검을 가져 보려 합니다. 한데 지나다 보니 아드님의 망치질 소리에 강한 울림을 느꼈습니다. 마치 쇠와 공명하는 듯한 기분이었지요. 하니 어찌 눈앞에 이런 명인을 두고 다른 곳에서 검을 구한단 말입니까?"

"……."

순간 노인의 눈이 매서워졌다. 독특한 놈이 아닌가. 만약 자신이 아닌 누가 들었다면 미친 소리에 불과한 '공명'이니 '울림'이니 하는 말을 아무렇지도 않게 내뱉었다. 혹여나 싶어 게슴츠레한 눈으로 무명을 살펴봤지만 무인이라면 응당 있어야 할 기세가 없었다. 옆에 있는 모용찬에게서는 칼날과도 같은 기가 느껴지는 것을 보니 분명 명가에서 사사했음을 추측할 수 있는데, 무명에게서는 일반인보다 더욱 기운을 알아차리기가 힘들었다. 그것은 마치 기운 자체가 없는 사람과도 같았다.

"독특한 젊은이구만. 자네, 이름이 뭔가?"

노인의 말투가 하대로 바뀌었다.

"무명이라 합니다."

"무명… 헛! 자네, 이름이 무명이라 했나?"

이름을 듣고 잠시 고개를 갸웃거리던 노인이 화들짝 놀랐다.

"예. 한데 왜 그러시는지?"

어째서 그런 반응을 보이는지 알 리가 없는 무명이 궁금증을 드러낸다.

"무명이라… 무명. 그렇구먼……."

"……."

알 수 없는 노인의 행동에 무명과 모용찬이 고개를 갸웃거리면서 서로를 바라보았다.

"한참 동안 소식이 없더니… 허허, 제자를 보냈군그래."

"예?"

그 말에 무명이 잠시 고민하다가 점점 얼굴이 굳어졌다.

"어르신!"

"응?"

"혹여 스승님을 아십니까?"

무명의 물음에 노인이 빙그레 웃으며 고개를 끄덕였다. 스승을 아는 자라는 말이었다. 무명의 가슴이 뛰었다. 어쩌면 말없이 떠나 버린 스승의 행적을 좇게 될지도 몰랐다.

"어르신, 말씀해 주십시오! 그분은 어디에 계십니까?"

"잉? 어디에 있냐니? 그건 또 무슨 말이냐?"

노인이 고개를 갸웃거렸다.

"일단 따라 들어오너라."

다짜고짜 들어오라 말하고는 대장간 안쪽의 문으로 사라져 버리는 노인을 무명이 부리나케 따라 들어갔고, 모용찬과 대장장이는 고개를 갸웃거리기만 했다.

안쪽의 방은 무척이나 자그마해서 고작 네 명의 사내가 앉았음에도 꽉 차서 좁게 느껴졌다. 무명은 가슴이 떨리는 것을 참으며 노인을 바라보았다.

"그런데 네 스승이 거처도 알리지 않은 것이냐?"

"예."

"하긴, 그 친구라면 그랬을 테지."

무명은 대답 대신 품속에서 스승의 편지를 꺼내 전해주자 노인이 모두 읽어내리고는 너털웃음을 터뜨렸다.

"허허허, 그 친구다운 편지구만……."

스승의 친구라니 무명은 가슴이 뛰었다. 스승과 관련된 인물을 만나본 것은 처음이었다.

"사오 년 전인가, 그를 만난 적이 있었지. 아마도 그때가 떠나는 길이었던 모양이구나."

"아버님, 사오 년 전이라 하시면? 그때 그분을 말씀하시는?"

"그래, 바로 그가 맞다."

"그렇군요."

물끄러미 무명을 바라보던 노인이 묻는다.

"그렇다면 너는 오래전 망해 버린 운학서원의 핏줄이더냐? 청학의 손주겠구나?"

"어찌… 할아버님을 아십니까?"

"허허, 알다 뿐이냐? 그놈 고집에 싸우기도 많이 싸웠지. 허허, 그 친구가 그리 갈 줄 누가 알았겠는가?"

과거의 기억을 더듬어가듯이 노인이 고개를 끄덕거렸다.

"내 이름은 사한성이라고 한다. 저기 있는 녀석은 내 아들인 사도강이라 하지."

"사한성……."

"헉!"

무명이 그 이름을 곱씹는데 놀람은 모용찬에게서 터져 나왔다. 이제껏 아무 생각 없이 듣고 있다가 깜짝 놀라고 만 것이다.

"맙소사, 사한성이라니……."

모용찬이 깜짝 놀라 앉은 채로 뒤로 조금 물러났다. 그 모습에 무명이 고개를 갸웃거리면서 모용찬을 쳐다보았다.

"사한성… 내가 정말 사한성을 보고 있단 말인가?"

"왜 그러십니까?"

"왜 그러냐구요? 정말 모르십니까? 사한성님이 누구신지, 정녕 몰라서 그러십니까?"

모르기는 무명이나 사한성의 아들 사도강도 마찬가지였다. 자신의 아비가 그리 대단한 인물이었던가.

"사한성이란 말입니다. 삼황에 비견되었다는 십존의 한 분인 바로 그분이란 말입니다. 검, 도, 창… 하여간 모든 무구를 통틀어서 유일하게 일천비조참익(一千飛鳥斬翼)의 신기원을 이룩하신 도존 사한성님을 모르다니……."

일천비조참익.

하늘에 날아오른 일천 마리 새의 날개를 베었다는 전설을 남기며 홀연히 사라져 버린 천하제일도. 그의 이름이 바로 사한성이었다.

"허허, 아직 어려 보이는데… 나의 이름을 들어본 모양이구나."

"여, 영광입니다. 제가 십존의 한 분을 뵙게 되다니… 자손만대의 영광입니다. 정말 죽어도 여한이 없겠습니다."

모용찬은 머리를 처박고 엎드려 극공경의 예를 표했다. 일생을 살면서 어느 누가 십존 중의 한 사람과 마주해서 대화를 나눌 수가 있단 말인가. 모용찬은 지금의 상황이 감격스럽기 그지없었다.

"과하구먼. 이미 오래전에 버린 이름일세. 이제는 시골 대장장이 노인에 불과하다네."

"다, 당치도 않습니다!"

"허참."

모용찬의 눈은 또랑또랑하게 빛나고 있었다. 말해 무엇 하랴마는, 지금 그에게 있어서는 사한성이 세상에서 가장 위대해 보였다.

"그나저나 검을 구하러 왔다고?"

"예."

이야기의 화제가 다시 무명에게로 돌아갔다.

"그래, 안 그래도 그가 떠나면서 너를 위해 검을 한 자루 만들어두라 하더구나. 혹여 네가 오면 꼭 좀 전해달라 했지."

"스승님께서요?"

"그래."

"아……."

스승께서 자신을 위해 선물을 남겼단 말인가.

"혹여 스승님의 소식은……."

"모른다. 가르쳐 줄 위인도 아닐뿐더러, 그때 너를 위해 검을 하나 만들어달라는 말 이외에는 다른 말은 남기지 않았고 이후로는 나도 보지 못했다."

"그랬군요."

무명의 얼굴에 실망이 어렸다. 사한성이 스승의 친구임을 알았을 때만 해도 어쩌면 스승의 소식이라도 듣게 될지 모른 다는 일말의 기대를 한 것이다.

"실망 말거라. 그는 바람과 같은 사람이 아니더냐. 필시 중 원을 돌아다녀니다 만나게 될 것이다."

"예."

"강아."

"예, 아버님."

"가서 그것을 가져오너라."

"예."

'그것' 이라는 것은 아마도 스승이 부탁한 검인 모양이었 다. 사도강이 잠시 나갔다 길쭉한 상자 하나를 가지고 들어왔 다.

"거참, 내 그토록 그에게 검을 하나 선물하려 했는데… 인 연이 너에게로 이어진 모양이구나."

사한성은 상자를 열고 한 자루의 검을 꺼내 들었다.

은은한 묵빛이 도는 것을 보니 예사로운 검이 아닌 듯했다.

"만년한철을 백 일 동안 정련해 만든 검이다. 내가 직접 만 들었으니 사용하기에 모자라진 않을 게다."

무명은 사한성이 건네준 검을 들고 세심하게 살펴보았고,

모용찬은 검이 내뿜는 영롱한 빛에 취한 듯한 표정을 지었다.

"과연 좋은 검이군요."

무명이 감탄하며 웃자 사한성이 히죽 웃었다. 그는 원래 칭찬에 별다른 반응을 보이는 성격이 아니었지만, 벗의 제자인 무명의 말에 기분이 무척 좋아졌다.

"아무렴, 누가 만들었는데. 크하하하! 열흘 후에 다시 찾으러 오너라, 언제 올지 몰라 아직 별러놓지를 않았으니."

"감사합니다."

"크허허허, 감사는 무슨. 그만 가보거라, 오랜만에 담금질을 해야 하니."

사한성이 자리에서 일어나자 모용찬이 뻣뻣하게 긴장한 채 튀어 오르듯이 일어났고, 사도강이 의외라는 표정으로 묻는다.

"아버님께서 직접 할 생각이십니까?"

"오냐. 그토록 바랐던 일이다. 비록 그는 아니나 그의 진전을 이은 자가 아니더냐? 내 오랜만에 직접 풀무를 돌려야겠구나."

사한성은 웃으며 대장간으로 나갔고, 무명과 모용찬은 그의 말대로 열흘 후를 기약하며 대장간을 빠져나왔다.

아직까지 감동(?)에 빠져 입을 벌리고 있던 모용찬은 문득 무명의 등을 보면서 퍼뜩 상념에서 깨어났다. 과연 무명의 스승이라는 사람은 어떤 사람일까? 십존이 친구 삼을 정도면 보통 인물은 아니지 않겠는가? 설마 또 다른 십존 중 한 사람? 아니다. 십존 중 세력을 가지지 않은 자는 사한성이 유일할 것이다. 그렇다면 삼황 중 한 사람?

'에이, 설마? 하긴 은거기인들도 많으니……'

第二章
숙명과의 조우

무림군자

1

　무명과 모용찬은 사한성의 대장간을 빠져나와 검이 만들어지길 기다리는 열흘 동안 야숙을 택했다. 그 이유는 수련 때문도 아니었고 사람이 많은 곳이 싫어서도 아니었다. 문제는 돈. 돈이 없다는 것이었다.

　처음에는 무명과 함께 장액현 안쪽에 그럴싸한 객점을 찾았는데 주머니를 뒤지는 순간이 되어서야 자신들의 수중에 한 푼도 없다는 사실을 알고 말았다. 두 달여의 시간 동안 여비를 모조리 써버린 것이다. 그러고 보니 무명이 돈을 쓰는 걸 본 적이 없어 모용찬이 미안해하면서 그에게 돈을 부탁해 보았으나……

"제길, 어떻게 돈 한 푼 안 가지고 다니십니까?"

"이런, 미안합니다. 원래 돈을 써본 적이 없어서."

역시 그는 돈이 없었다.

결국 대장간 근처의 숲에서 야숙하기로 결정했다. 어차피 수련을 해야 할 처지의 모용찬으로서는 마침 잘되었다 싶었다.

"쳇, 일단 나뭇가지라도 주워올 테니까. 기다리세요."

"그럼 저는 요깃거리라도 찾아보죠."

"예."

한껏 투덜거린 모용찬이 조금 텁텁할지라도 아쉬운 대로 토끼라도 잡아 불에 구워먹을 생각을 하면서 장작을 주우러 출발했다.

잠시 후, 모용찬이 돌아와 급히 불을 피워 올리고는 무명을 쳐다보았다. 그런데 이게 웬일인가, 자신보다 빨리 도착한 무명의 곁에는 짐승은커녕 뱀 새끼조차 보이질 않았다.

"저어… 무명님, 식사거리는?"

"아, 여기. 입에 맞으실지 모르겠습니다. 산을 돌아보니 제법 맛난 놈이 많더군요."

무명이 내민 것을 본 모용찬의 얼굴에 실망과 허탈감으로 가득 들어찼다.

"이게……."

"산 버섯입니다. 나물도 있구요. 모두가 생식으로 먹을 수 있는 것이니······."

깜빡했다.

무명이 산지기였다는 사실을······.

맛도 없이 쓰기만 한 풀을 뜯어먹으며 모용찬은 다시 한 번 결심했다.

'제길, 인근에 돈벌이라도 찾던가··· 아니면 아버님께 서신이라도 보내야겠군.'

2

검이 만들어지기를 기다리는 동안 무명은 매일같이 나무 아래에 앉아 명상만을 했다. 지치지도 않는지 밥 먹는 시간과 자는 시간을 제외하고는 그렇게 계속 가만히 앉아 있기만 했다.

"무명님, 그렇게 앉아 있기만 하고 수련은 안 하십니까?"

"예? 수련 중입니다만······."

무슨 말도 안 되는 소린가. 운기조식을 하는 것도 아닌데 앉아서 수련을 한다니, 모용찬으로는 이해하기 힘들었다.

"아, 저는 항상 이렇게 수련을 해와서······."

"······."

그 말에 모용찬이 고개를 내저었다. 말해 무엇 할 것인가. 무명의 괴행이 어디 한두 번이었던가. 더 물어봐야 자신의 입만 아플 뿐이다. 체념한 모용찬이 무명의 옆에 앉았다. 하지만 무명은 그렇다 치더라도 모용찬에게는 명상이 고역 아닌 고역이었다. 아무 생각 없이 멍하니 앉아 있는 것이 쉽겠는가?

"에휴, 나도 수련이나 해야겠군."

모용찬은 무명에게 방해되지 않기 위해서 조용히 자리에서 일어나 조금 떨어진 곳으로 걸어갔다.

숲이 우거져 볕조차 제대로 들지 않는 숲 속이었지만, 빽빽이 들어찬 나무들 사이에서 제법 너른 공터를 찾을 수가 있었다.

"후우……."

모용찬이 숨을 가다듬고 천천히 검을 빼 들었다. 그러고 보니 무명을 따라나선 이후로 제대로 수련다운 수련을 해본 적이 없는 듯했다.

'명색이 검객이라는 놈이…….'

검자루의 감촉이 감각을 찌르르 울렸다.

피핑!

"오랜만이군."

검에서 전해진 느낌을 만끽하던 모용찬이 별안간 검을 떨쳐 냈다.

"추일소엽(秋日掃葉:가을 낙엽을 쓸어 모으다)!"

휘둘러진 검이 매끄럽게 허공을 가르고 대기 중의 공기와 부딪쳐 작은 떨림을 만들어냈다. 가슴께로 당겨진 검이 사방으로 매섭게 뻗어나갔고 검풍이 일어나 바닥에 떨어져 있던 낙엽들을 쓸어 올렸다.

"춘풍벽류(春風擘柳:봄바람이 버드나무를 쪼개고), 화풍세우(和風細雨:바람이 잦아들자 가는 비를 내린다)!"

파삭, 파삭.

떠오른 낙엽은 연이어 펼쳐지는 검격에 의해 정확히 반으로 갈라져 바닥으로 떨어져 내렸고, 모용찬은 쉴 새 없이 초식을 떨쳐 냈다. 주변의 환경과 잘 어우러진 그의 검무가 마치 한 폭을 그림처럼 그려졌다.

오랜만에 잡은 검이라 그런지 모용찬은 검을 휘두를수록 점점 무아지경으로 빠져들기 시작했다.

"차핫! 하성격뢰(夏聲格雷:여름이 찾아오자 번개가 내리쳐 알리다)!"

꽉, 파곽!

들어 올린 검에서 여섯 개의 검기가 피어나 지면으로 떨어져 내렸다. 이내 검기와 대지가 부딪치며 바닥이 한 움큼씩이나 파여 나갔다.

"후우……."

검기를 내뿌린 모용찬이 호흡을 고르며 검을 집어넣었다. 일초식부터 총 열여덟 개의 초식을 펼치는 동안 수많은 변초와 허초를 뿌리고, 가문의 독문 보법인 연보(燕步)를 섞어 펼쳐 냈다. 모처럼 심취된 묘용찬의 이마에는 땀이 가득했다.

짝, 짝, 짝!

"응?"

갑작스레 들려온 박수 소리에 모용찬이 고개를 들어 살펴보니 무명이 서 있었다.

"무명님."

"좋은 검술이군요. 검이라고 하기보다는 마치 한 줄의 시처럼 느껴지는 검법이었습니다."

"아, 예. 가문의 검인 화필검입니다."

무명의 말에 모용찬이 부끄러운 듯이 고개를 숙였다.

'화필검(畵筆劍)'은 검술이라고 하기에는 다소 무리가 있었다. 선대의 조사가 만든 화필검은 춘하추동의 묘리를 담았다 전해지지만, 위력이 보잘것없고 패도적인 초식은 하나도 없었다.

가문에서 사장되어 가는 검술인 것을 묘용연의 주장에 의해 전수가 이루어진 것이다. 물론 그 또한 모용찬이 차남이었기 때문이다.

"한데 조금 아쉽군요."

"예?"

무명이 나무 기둥에 기대앉으며 모용찬에게 말했다.

"좋은 검법이지만 너무 경직된 느낌이라고 할까요?"

"……."

"검법의 이름이 화필검이라 했지요?"

"예……."

"흐흠, 그림을 그리는 붓과 같은 검이라… 하면 글을 쓸 때보다 붓을 좀 더 부드럽게 잡는 것이 옳을 텐데, 어찌 검을 휘두르는 것에 그리도 힘을 주십니까?"

"예?"

"제 생각엔 그 검술을 만드신 분은 그림을 그리는 듯한 마음으로 만드셨을 겁니다."

"아!"

모용찬이 무언가 느낀 듯하자 무명이 빙긋이 웃었다.

"일전에 어르신께서 모용가의 무공은 원래 검이 아니라 필법일지도 모른다고 하시더군요. 필법이 발전해 검술에 이른 것이라구요."

"……."

"하면 검을 좀 더 부드럽게 잡아야 하지 않을까요?"

"부드럽게 잡는다구요?"

"음, 말로 설명하자니 조금 어렵네요. 다시 한 번 보여주시겠습니까?"

"예? 예, 뭐……."

모용찬은 무명의 말에 따라 다시 한 번 검술을 펼쳤다. 일초식에서 팔초식까지 쉼없이 이어져 마침내 하성격뢰로 마무리되자 묵묵히 바라보던 무명이 고개를 끄덕거렸다.

"역시… 검을 좀 빌려주시겠습니까?"

"……."

"잘 보세요. 비록 따라 하기에 불과하지만……."

무명이 검을 잡았다.

가만히 눈을 감은 무명의 손이 물 흐르듯이 움직여 검을 잡아갔다.

한데 달랐다. 단지 검을 잡는 손놀림에 불과했지만, 수년을 펼쳐 온 검술인데 눈치채지 못할 이유가 없었다. 무명의 움직임은 분명 자신과는 달랐다. 그의 손을 따라 검이 빨려들 듯이 검집을 빠져나와 허공에서 춤추듯이 움직였다.

집검(執劍)이 다르니 휘둘러지는 초식 또한 달랐다. 강맹한 기세는 느껴지지 않았지만 그 무엇보다도 부드럽고 아름다웠다. 자신과 다른 그 무언가는 바로 자연스러움이었다. 검이 무명의 손안에서 휘돌며 대기를 유영하듯이 움직였다.

"아!"

모용찬의 입에서 감탄사가 흘러나왔다.

촤아아.

팔초식이 끝나고 무명이 검을 집어넣었으나 모용찬은 벌어진 입을 다물지 못한 채 한참 동안 여운에서 헤어나지 못했다.

"여기……."

"……."

"모용 공자?"

"아!"

그제야 정신이 깨어난 모용찬이 침을 삼켰다.

이것이 진정 화필검이란 말인가. 자신이 보기에는 마치 희대의 절학처럼 보였다.

"화필검은 패검(敗劍)이 아니라 유검(流劍)일 것입니다. 힘을 싣기보다는 부드러워야만 그 위력이 드러나는 것이지요."

"가, 감사합니다."

"……."

모용찬은 무명이 내민 검을 받아 들고는 자신도 모르게 감사를 전하자 무명은 말없이 웃기만 했다.

'유검… 그래, 붓으로 펼친 검술인데… 강맹하면 종이를 찢어낼 뿐이지. 좋은 것을 배웠구나.'

비록 내기가 더해지지 않은 초식일 뿐이었지만 모용찬에게는 충분히 발전적인 내용일 수밖에 없었다.

"흐흠, 그러고 보니 내일이던가요? 내일이면 이제 이곳을 떠날 때가 되는군요."

"예? 아, 예. 검을 찾으러 오라는 게 내일이었으니……."

"자, 그럼 날도 저물었고, 오늘은 술이나 한잔할까요?"

"예?"

술이라니? 좋긴 했지만, 그럴 돈이 어디 있단 말인가. 그런데 그런 모용찬의 생각을 아는지 무명이 무언가를 손에 들고 눈앞에 흔들었다.

"그건?"

"삼엽초라고 합니다."

"삼엽초?"

"예. 오래 묵은 녀석은 영초로 구분되기도 하지만, 대충 보니 사오 년은 묵은 녀석 같더군요. 약방에 팔면 제법 좋은 가격을 받을 수가 있을 것입니다."

"그렇습니까?"

"예. 자, 내려가시죠."

삼엽초를 들고 마을로 향하는 무명의 뒷모습을 보면서 모용찬은 조금 전에 느꼈던 흥분으로 손아귀에 생겨난 땀을 바라보았다.

'그래, 아직 시간은 많으니까⋯⋯.'

무명이 보여준 화필검의 또 다른 모습.

모용찬은 당장에라도 그 느낌을 잊지 않기 위해 수련을 하고 싶었으나 일단은 그를 따라가기로 했다.

3

"어떻습니까? 쓸 만한 녀석이었죠?"

"예. 그렇게 비쌀 줄은⋯⋯."

무명과 모용찬은 삼엽초를 약방에 팔고 나서 제법 괜찮은 객점을 찾아들어 갔다. 무명이 구해온 삼엽초는 무려 은자 석 냥에 팔렸다. 은자 석 냥이면 쌀이 한 가마 반에 해당하는 액수였으니 두 사람이 술과 식사를 하기에는 충분했다.

"자, 그럼 모처럼 술이나 한잔해 볼까요?"

"한데… 무명님은 술을 잘 못하시지 않습니까?"

"하하, 기분이지요, 기분."

"아, 예……."

"자, 여기 주문 좀 받아주세요."

무명이 점소이를 불렀다. 장황하게 음식 자랑을 늘어놓는 점소이의 설명에 무명이 심각한 표정을 지었다. 마치 난제를 만난 서생처럼 무얼 먹을까 고민하는 무명의 모습에 모용찬은 피식 웃음이 났다. 누가 알겠는가, 홀로 흑사방 심양 지부를 괴멸시키고 배짱 좋게 철마방을 찾아가 사흑련주에게 비무를 청하는 강심장의 사내가 눈앞의 무명이라는 사실을 말이다.

모용찬은 그런 무명을 바라보다가 무심코 객점 안을 둘러봤다.

"응?"

문득 모용찬의 눈을 스친 것은 턱수염을 아무렇게나 기르고 투박한 거치도를 탁자에 내려놓은 채 사람들을 위협하는 낭인들이었다.

"이봐, 비키라고 하지 않나? 앙? 내가 누군 줄 알아? 바로 이 주천 최강의 도객인 협보란 말이다!"

험악한 인상의 사내 협보와 그의 동료들은 말끔하게 생긴 흑의사내와 악기를 연주하는 여인을 위협하고 있었다.

"조용히 물러나 주지 않겠나? 모처럼 나온 걸음인데 기분이 상하고 싶지는 않군."

흑의사내는 술잔을 입에 가져가며 담담하게 말한다. 셋이나 되는 낭인에게 위협받으면서도 전혀 신경 쓰지 않는 듯한 모습이었다.

"어쭈, 이 새끼 봐라? 계집년 앞이라고 아주 멋있는 척하네?"

"……."

흑의사내는 가만히 협보를 올려다보았다.

옆에 앉은 여인은 어느새 악기를 끌어안고 움츠린 채 벌벌 떨고 있었다.

"저놈들이?"

"왜 그러나요, 모용 공자?"

"아무래도 흑사방 건달패인 모양입니다."

"흑사방요?"

흑사방이라면 자다가도 이를 가는 모용찬이었다. 그의 말에 무명이 고개를 슬쩍 돌렸다. 한데 무명의 시선은 위협을 하고 있는 세 명의 낭인보다는 담담히 앉은 흑의사내에게 고정되었다.

'기이한 자군.'

무명의 눈이 살짝 가늘어졌다.

흑의사내는 움직이고 말하지 않는다면 밀랍인형이라 생각했을 만큼 표정이 없는 얼굴이었다.

'무림… 참 신기한 곳이군. 사람의 기운을 감추고, 표정마저 감춘다라… 도대체 어떤 인물일까?'

궁금증이 들었다. 모용찬을 따라 무림에 나온 이후로 처음 느끼는 위화감이었다. 뛰어난 무인일수록 기세를 감출 수는 있지만, 한낱 인간의 피부가 어찌 표정을 감춘단 말인가. 무명이 흑의사내를 물끄러미 바라보는 사이에 이미 모용찬이 자리에서 일어나 그를 향해 다가가고 있었다.

"네놈들!"

"응?"

"뭐야, 저 꼬맹이는?"

"지금 무엇 하는 짓이냐! 무공을 익혔다는 자들이 불량배처럼 사람들을 괴롭히다니, 부끄럽지도 않은가!"

앞으로 나선 모용찬이 흑의사내와 여인을 도와줄 요량으로 호기롭게 외쳤다.

"놀구 있네. 나원참, 오늘따라 목숨 아까운 줄 모르는 하루살이가 왜 이리 많은 거야?"

"그러게 말입니다, 형님. 별 시답지 않은 꼬마가……."

"참고들 계슈. 세상 물정 모르는 놈은 제가……."

낭인 무사들 중 막내인 듯한 자가 모용찬을 비웃으며 거치
도를 움켜쥐고 나섰다.

"꺼져라, 꼬마. 괜한 일로 돼지고 싶지 않으면."

사내의 말에도 모용찬은 아무 말 없이 노려보기만 했다.

"이 자식이! 말귀를 못 알아듣는군."

휘이익!

"꺄악!"

거치도가 포물선을 그리며 모용찬의 머리 위로 떨어지자
여인이 비명을 지르며 눈을 질끈 감았다, 필시 그의 머리가
쪼개지고 피가 튀리라 생각하며.

땅, 쿵!

"윽!"

무언가 부딪치는 소음에 이어 단말마의 신음성이 터져 나
왔다.

"저… 저놈이!"

실눈을 뜬 여인의 눈에 보인 것은 아무렇지도 않게 서 있는
모용찬과 거치도를 떨어뜨리고는 자신의 손아귀를 움켜쥔 채
주저앉아 있는 장한의 모습이었다. 한순간의 움직임에 모두
가 눈을 비비며 놀란 표정을 지었고, 모용찬 자신도 제법 놀
란 얼굴이었다.

'늘었다?'

이전과는 달랐다. 자신의 움직임이 이전과는 달리 몰라보

게 자연스러워진 것이다, 단지 검을 잡는 방법만을 바꾸었을 뿐인데.

"하하!"

모용찬의 얼굴에 희열이 감돌았다. 한순간 실력이 늘어나자 심장이 뛰었다. 지금이라면 그 어떤 자라도 상대할 수 있을 것만 같았다. 모용찬이 기쁜 마음에 무명을 쳐다보자 그가 흐뭇하게 웃고 있었다.

"네놈이 감히 죽고 싶어서 환장을 했구나!"

후아악!

막내가 쓰러지자 둘째가 주먹을 움켜쥐고는 거세게 모용찬을 향해 휘둘러 갔다.

"멍청하긴."

모용찬은 날아온 주먹을 잡아 흘리며 그의 복부에 무릎을 박아 넣었다. 물 흐르듯이 움직이는 그의 모습에 객점 안의 손님들이 환호성을 질렀다.

퍽!

"윽!"

무릎 한 방에 두 번째 장한이 음식물을 게워내며 머리를 처박고 쓰러졌다.

"이… 이익……."

너무도 쉽게 동생들이 쓰러지자 협보가 흑의사내를 위협하던 거치도를 들어 올려 모용찬을 마주해 갔다.

"이봐, 다치기 전에 꺼지는 게 좋아."

"네놈……."

협보가 모용찬을 쓸어보았다.

분명 자신의 상대가 아니었다. 고작 주천 땅에서 건달 짓이나 하고 사는 자신과는 차원이 달랐다. 흑사방에도 저만한 무위를 가진 인물은 한둘이 고작이었다. 필시 명가의 자제일 가능성이 높았다.

"꿀꺽."

협보는 침을 삼켰다. 재수없게 얻어맞고 쪽팔리기 전에 자리를 피하는 것이 상책이었지만, 입구는 모용찬의 뒤에 위치해 있지 않은가.

'젠장…….'

어찌할까를 고민하던 협보의 얼굴에 야비한 미소가 생겨났다.

쩔겅.

"아이구, 무사님, 죄송합니다. 제가 고인을 몰라뵙고… 한 번만 용서해 주시면 앞으로 착하게 살겠습니다. 제발 용서해 주십시오."

"……."

갑자기 공격이라도 해올 줄 알았던 협보가 거치도를 떨어뜨리고는 무릎을 꿇으며 싹싹 빌자 응대를 하려던 모용찬이 어이없다는 표정을 지었다.

"훗, 자기 잘못을 뉘우치니 어쩔 수 없군. 돌아가세요. 다시 한 번 이런 짓을 하다 내 눈에 띄면 그때는 용서치 않겠습니다."

"암요, 암요. 절대 그러지 않겠습니다. 암요."

모용찬은 협보가 고개를 조아리면서 사죄를 하자 어쩔 수 없이 빼 들었던 검을 집어넣고 몸을 돌리려 했다. 그러나 그때 갑자기 협보가 허리춤에서 두언가를 꺼내더니 모용찬을 향해 던졌다.

"멍청한 놈!"

푸학!

허연 가루가 허공에서 뿌려지고, 미처 반응하지 못한 모용찬이 재빨리 소매로 얼굴을 가렸으나 이미 가루에 노출된 뒤였다.

휘잉!

한데 뿌려진 가루가 한줄기 바람에 휩쓸려 모용찬의 눈앞에서 멀어지더니 오히려 협보의 얼굴에 쏟아지지 않는가.

"으헉!"

"……"

모용찬은 깜짝 놀랐지만, 일단 자신을 속여 암습을 가한 협보에게 화가 나 주먹을 휘둘렀다.

뻐억! 쿠당탕탕!

얼굴에 정통으로 일권을 맞은 협보가 객점 바닥을 구르다가 기둥에 머리를 부딪치고는 쓰러져 버렸다.

"휴우……."

모용찬이 무명을 바라보았다. 빙긋이 웃고 있는 모습이, 아마도 그가 자신을 도운 모양이었다. 모용찬은 슬쩍 고개를 숙여 감사를 전하고는 흑의사내와 여인에게 말한다.

"이제 걱정 마십시오. 아무래도 흑사방 놈들 같은데… 큰 봉변을 당할 뻔하셨습니다."

"고맙습니다, 소협. 정말 고맙습니다."

여인이 수차례나 고개를 숙였다.

"별말씀을. 그럼 저는 이만……."

여인의 말에 기분이 좋아진 모용찬이 어색하게 웃으며 물러났다. 흑의사내는 무심한 눈으로 모용찬의 등 뒤로 보이는 무명을 쳐다보았다. 무명 역시도 그의 시선을 느꼈는지 그의 눈을 보면서 싱긋이 웃었다.

'놀라운 한 수로군. 순간적으로 풍압을 일으켰어. 보통 인물이 아니군. 후후, 재미있는 녀석이야.'

이제껏 표정이 없던 흑의사내의 얼굴에 작은 미소가 어렸다.

4

볕이 창가를 스며들고 태양이 하늘 높이 떠오른 시간.

무명과 모용찬은 모처럼만에 객점에서 편안한 잠을 취한 뒤 장액현의 대로를 걸었다.

"으하함!"

모용찬이 상쾌해진 기분에 기지개를 켜며 웃었다.

"편안하셨던 모양입니다?"

"예, 모처럼 만이니까요."

"하하, 그런가요?"

"그럼요. 한동안 매일 야숙만 했었잖아요. 매일 풀이나 먹고… 토끼도 아닌데……."

"풀이요? 저런, 생식을 하지 않으시는 모양입니다. 그런 줄 알았으면 토끼라도 잡을 걸 그랬군요."

무언가 깨달았다는 듯이 말하는 무명으로 인해 모용찬이 고개를 내저었다. 말해서 무엇 할까. 이디 무명의 성격에 적응돼 버린 지 오래였다.

"일단 검을 찾아야지요?"

무명을 쳐다보던 모용찬이 화제를 돌렸다.

"예."

"자, 그럼 서둘러 가시지요."

"아, 그리 바삐는……."

"서둘러야 한다구요. 도존께서 만드신 검인데……."

"……."

검을 받을 무명보다 모용찬이 더 극성이었다. 하긴 사한성을 처음 보았을 때만 해도 무척이나 놀라던 그의 얼굴을 생각하니 이해도 될 법했다.

장액현에서 조금 떨어진 사한성의 대장간 앞에 도착한 무명과 모용찬은 문득 기도가 무척이나 날카로워 보이는 자들이 주변을 어슬렁대고 있자 조금 긴장했다. 대장간을 호위하듯이 둘러서 있는 무인들은 모두가 움직이기 편할 정도로 달라붙는 무복에 얼굴에는 기이한 문양이 각인된 가면을 쓰고 있었다.

"뭐, 뭘까요?"

"글쎄요? 손님이겠죠?"

"……"

이런 생각없는 놈 같으니. 당연히 손님이겠지만, 보통 인물들이 아니질 않는가. 대장간 주위에 선 가면인들의 기세가 살을 에일 정도로 강렬한데 어찌 이리 무덤덤하단 말인가.

한껏 긴장해 버린 자신과는 달리 아무렇지도 않게 그들의 앞을 지나가는 무명의 모습에 모용찬은 어이가 없었다.

"헉!"

막 가면인 중 하나를 스쳐 지나가는데 모용찬은 하마터면 검을 뽑아 들 뻔했다.

죽음.

뒷덜미를 강하게 찍어 누르는 살기에 온몸의 털이 곤두서는 것만 같았다. 순간적으로 죽음이 연상될 만큼 강렬한 느낌에 등 뒤로 식은땀이 흘렀다.

'뭐, 뭐야, 이들은?'

그들은 자신에게 아무런 신경도 쓰고 있지 않은 듯했으나 모용찬의 목울대로는 쉴 새 없이 마른침이 넘어갔고 눈동자는 사방으로 움직였다.

"어르신."

모용찬의 기분을 아는지 모르는지 무명은 해맑은 목소리로 대장간에 들어섰다. 모용찬은 사지가 떨려오는 긴장감을 이기기 위해 빠르게 무명을 따라붙으며 대장간 안으로 뛰어들어 갔다.

"아, 자넨가?"

"어서 오세요."

대장간 안에는 사한성과 그의 아들 사도강 말고도 또 다른 인물이 있었다. 흑의무복에 차가운 얼굴을 가진 사내. 바로 어젯밤 객점에서 협보에게 위협을 당하고 있던 사내였다.

"그런데 이분은?"

"아, 손님이라네. 우리 대장간의 단골이지."

"그렇군요. 무명이라고 합니다."

무명은 공손히 인사를 청했으나 흑의사내는 아무 말 없이 고개만 까딱거릴 뿐이었다.

"허허, 이상하게 여기지 말게. 원체 과묵한 사내니 말이야."

"아, 그렇군요. 그보다 어르신, 검은?"

"일단 기다리게. 이쪽이 먼저니 말이야."

"알겠습니다. 그럼 잠시 앉아서 기다리지요."

무명이 사람 좋게 웃고는 한쪽 구석으로 가서 앉는 와중에도 모용찬은 여전히 긴장된 얼굴로 사방을 살피면서 눈치를 보고 있었다.

"강아, 차나 한잔 내오너라."

"예, 아버님."

"차요? 하하, 감사합니다, 어르신."

무명은 사도강이 만들어온 차를 마시면서 대장간 안을 둘러보았다. 그동안 사한성은 비단에 곱게 쌓여진 물건을 흑의 사내에게 건네었다.

"음, 좋군."

"아마 그럴 게야. 자네가 쓰는 무구를 허투루 만들 수야 있겠는가. 내 이번에는 특별히 공을 들였네."

"흐흠."

사한성의 실력을 흑의사내는 잘 알고 있었다. 중원의 어느 곳에서도 그의 솜씨를 따를 자는 몇 되지 않으리라.

"과연… 좋은 것을 만들어주었군."

"허허, 자네의 이름에 먹칠을 할 수야 없지."

"그런가? 알겠다. 또 보지."

"알겠네."

간단히 답한 흑의사내는 단도를 품에 챙기고는 밖으로 나
갔다. 그가 나오자 가면인들이 그를 호위하듯이 주위를 경계
하며 따라갔다.

"휴우……."

흑의사내와 가면인들이 사라지자 모용찬이 그제야 억눌렸
던 숨을 내쉬었다. 그러고 보니 흑의사내는 보통 인물이 아닌
모양이었다. 저만한 고수들이 호위를 하는 것으로 보아 어느
고강한 문파의 자제일지도 모른다는 생각이 들었다.

'그런데 어젠 왜 그랬지?'

모용찬이 고개를 갸웃거렸다.

"누군지요?"

무명이 가볍게 물었다.

"웅? 저 사내 말인가?"

"예."

"어찌 보았는가?"

"글쎄요. 숨이 막힌다고 해야 할까요, 살기가 너무 짙다고
해야 할까요?"

무명이 고개를 갸웃거리며 말하자 사한성이 의외라는 듯
이 쳐다보았다. 흑의사내의 숨겨둔 기세를 알아채는 것은 자
신조차도 불가능했었다.

하나 표정을 보니 그냥 한 말이 아닌 듯하여 '과연'이라는
생각이 절로 들었다.

'허, 과연 그의 제자란 말인가?'

사한성은 내심 감탄하며 미소를 지었다.

"앞으로 칼밥을 먹자면 잘 기억해 두시게. 내가 근래에 본 인물 중 최고라네. 어쩌면 무림사에 다시없는 효웅이 될 게야."

사한성의 말에 무명이 잠시 그의 뒷모습을 쫓다가 물었다.

"그보다… 금마령으로 인해 검을 만들지 않으신다더니……."

"그야 겉으로 보이는 모습이고, 뛰어난 주인이 있으면 몰래라도 만들어주고 싶은 것이 대장장이의 마음이 아니겠는가. 자, 이리 오게. 이것이 자네의 검일세."

"예, 어르신."

사한성의 부름에 무명이 웃으며 그의 곁으로 다가갔다.

"여기 있네."

"……."

"와!"

모용찬은 사한성이 내민 검에 감탄사를 터뜨렸다.

사한성이 내민 검은 지난밤에 보여준 묵빛의 검이었다. 날카로운 예기를 머금은 채 별러진 검은 지난밤엔 칙칙하리 만큼 검은빛이었다면 지금은 옅은 광채마저 어려 있었다. 무명이 받아 드니 무척이나 잘 어울린다는 생각이 들었다.

"과연, 자네에게 딱 맞는구만."

"그렇습니까?"

"아무렴. 무구에도 제각기 어울리는 주인이 있는 법일세. 그리 잘 어울리는 것을 보니 그 검은 ス.네가 주인인 모양일세. 허허허."

무명은 사한성으로부터 검을 받아 들고는 부드러운 눈으로 이리저리 살펴보았다. 뛰어난 검이었다. 검이라고 하기에는 완만하게 휘어진 검신을 가지고 있었지만, 금강석을 잘라낼 수도 있을 만큼 날카롭게 예기가 살아 있었고 얼굴이 비칠 정도로 투명했다. 그 모습을 모용찬이 부러운 듯이 바라보자 사한성이 피식 웃었다.

"옛다."

사한성이 또 다른 검 하나를 던져 주자 엉겁결에 받아 든 모용찬이 영문을 몰라 그를 쳐다보았다.

"……"

"그것은 연검이다."

"연검?"

"그래. 만년한철에 연강을 넣어 만들었다. 물론 만년한철이 조금 모자라서 그리된 것이지만… 아마도 네놈에게 잘 어울릴 것이다."

"예? 제… 제게 말입니까?"

모용찬은 사한성이 자신을 지칭하는 듯하자 깜짝 놀랐다.

"그래. 모용가의 검술이라면 연검이 딱 적당할 것이다. 더욱이 그의 제자와 함께 다니는 놈이 어설픈 연화검 따위를 들고 다니게 할 수야 없지."

"아……."

감탄, 희열, 기쁨, 감사…….

무언가 복잡할 정도의 표정이 잔뜩 떠오른 모용찬이 금세라도 감격에 눈물을 터뜨릴 듯 사한성을 바라보았다. 십존 중 하나인 천하제일도 사한성이 직접 자신에게 검을 만들어주다니, '반드시 가보로 물려주어야겠다'며 마음속으로 다짐했다.

"어르신, 사례는……."

기뻐하는 모용찬을 보면서 무명이 물었다.

"되었다. 사례는 무슨. 내가 주고 싶어 주는 것이니 마음에 담아두지 말거라. 그보다 이제 어디로 갈 생각이냐?"

"글쎄요. 아직 정한 바는 없습니다."

"흐흠, 알았다. 어쨌든 혹여 네 스승이 찾아오면 다녀갔다고 일러주마."

"감사합니다."

"되었다. 이제 그만 가거라."

"예, 어르신."

"오냐, 부디 네가 원하는 바를 이루도록 해라."

"감사합니다."

무명은 다시 한 번 공손하게 인사를 하고 대장간을 나섰다.

"감사합니다, 흑흑. 어르신, 가문의 영광입니다. 훌쩍, 제가 도존님께 검을 얻다니… 흑흑, 절대 잊지 못할 것입니다."

콧물이 나올 정도로 감격에 훌쩍이며 몇 번이고 돌아보면서 사한성에게 인사를 한 모용찬이 무명의 뒤를 따랐다. 모용찬은 자신의 조부 모용연에게 감사했다. 무명을 따라다니니 무공도 늘고, 보검까지 얻게 되지 않는가. 앞으로 더더욱 그의 곁에서 떨어지지 않겠다는 굳은 다짐을 했다. 그렇게 한동안 떠나는 둘을 바라보던 사한성이 피식 웃었다.

"천지무황의 제자가 무림에 나온다라… 허허, 무림도 제법 재미있어지겠군그래. 과연 저 녀석은 그의 의지를 계승할 수 있을까?"

무명은 검을 허리에 걸쳐 메고는 모용찬과 함께 장액현을 빠져나가고 있었다. 그의 뒤를 따르는 모용찬은 사한성에게 하사(?)받은 검을 마치 신주단지 다루듯이 가슴에 안은 채 만면 가득 웃음을 띠고 있었다.

그들이 한참을 걸어 장액현에서 얼마 떨어지지 않은 마을인 임택현(臨澤縣)과 장액현 사이의 언덕을 지나는데 누군가 그들을 기다리고 있었다.

"엇!"

신주단지 다루듯 검을 품에 안고 있던 모용찬이 먼곳에서 느껴질 정도로 선명한 살기에 깜짝 놀란다.

바위에 걸터앉아 호리병에 담긴 술을 마시고 있는 흑의사내와 가면인들이 보였다.

'저들을… 또 만나다니……'

사실은 다시 마주치고 싶지 않은 인물들이었다. 사한성의 대장간에서 느낀 그들의 존재감은 다시는 느끼고 싶지 않을 만큼 숨 막히게 강렬했으니까.

"그대의 이름은 무엇이지?"

흑의사내가 물었다.

"예의가 없는 분이셨군요. 상대에게 이름을 묻고자 할 때는 먼저 자신의 이름을 밝히는 것이 예의가 아닐까요?"

모용찬과 달리 무명은 가면인들이 내뿜는 짙은 살기와 숨 막힐 정도로 강렬한 압박감을 신경조차 쓰지 않는지 해맑게 되물었다.

'무, 무명님……'

모용찬은 이미 사색이 되어 있었다. 무명의 말에 벌써 무척이나 기분 나쁜 듯이 가면인들이 반응하고 있지 않은가. 거세어진 살기만으로도 그 사실을 알기엔 충분했다.

"아, 내가 실수를 했군. 나는 주량이라 한다."

"주량님이시군요. 저는 무명이라고 합니다."

무명의 포권에 흑의사내 주량은 잠시 말을 멈추었다.

"그나저나 굉장한 투기로군요. 무림에 나온 지는 얼마 되지 않았지만 이런 투기를 가진 사람이 있을 줄은 상상조차 하지 못했습니다."

무명의 말에 주량보다도 가면인들이 흠칫 놀랐다.

어찌 느꼈단 말인가. 어떻게 그럴 수가 있단 말인가. 자신
들 중 어느 누구도 주량의 투기를 느끼지 못한다. 일전에 주
량이 싸웠던 마도지존마저도 십 장 밖에서는 그가 있는지도
눈치채지 못하지 않았던가. 설마 이 생각없는 웃음을 가진 사
내가 그 정도의 고수라도 된단 말인가. 주량이 관심을 가지고
는 만나보겠다 했을 때만 해도 별생각이 없었던 그들이다.

"역시, 잘못 보지 않았군."

"……."

"무명이라 했지? 어때? 나와 한번 겨루어보지 않겠나?"

놀람은 모용찬과 더불어 가면인에게도 찾아왔다. 무명이
라는 사내가 그 정도였단 말인가.

"거절합니다."

"뭐? 어째서?"

"굳이 겨루어야 할 이유도 없거니와, 원한을 맺은 적도 없
지요. 그리고 어차피 당신에게는 제가 한참이나 못 미칠 것을
알기 때문입니다."

"……."

주량은 무명을 말없이 바라보았다. 싸우기 전에 포기하는
사내라… 자신이 질 것이라 말하면서도 저 자신감에 가득 찬
얼굴은 또 무엇이란 말인가.

"크하하, 크핫핫핫!"

한참을 말없이 무명을 바라보던 주량이 갑자기 대소를 터뜨렸다.

"좋아, 좋아. 과연! 어때, 자네 술 한잔하지 않겠나? 보아하니 내가 형인 것 같은데 말이야."

"음, 술이라… 글쎄요, 저는 술을 잘 못합니다만……."

"괜찮아. 많이 권하지는 않을 테니까 말이야."

"그렇다면야."

말을 마친 무명이 주량의 곁에 앉았다.

"이거, 자네가 이토록 내 마음에 들 줄 알았으면 객점이라도 하나 잡고 모실 것을 그랬군."

"하하, 어디면 어떻습니까, 좋은 사람을 만날 수 있다면 다행이지요."

"그런가? 그도 그렇구만!"

두 사람이 즐겁게 웃는 동안 오히려 긴장한 사람은 모용찬과 가면인들이었다. 모용찬은 이런 무서운 수하를 가진 자들을 둔 주량이라는 사내의 눈치를 보기 바빴고, 가면인들은 처음 보는 사내와 몇 마디 나누지도 않고 저렇게 즐거운 모습을 보이는 주량의 행동이 이해가 되질 않았다. 하나 주인이 어떠한 행동을 하더라도 따르도록 훈련받아 온 그들은 말없이 주변을 호위했다.

"그래, 자네는 어떤 사람인가?"

"어떤 사람이라 하심은?"

"그냥… 어떻게 살아왔는지, 어떤 삶을 살 것인지 하는 것
말이야."

"글쎄요. 뭐, 이렇다 할 것은 없습니다. 집안은 역적으로
몰려 몰락하고 다른 이들처럼 노예로 연명하다 좋은 스승님
을 만나 새로운 삶을 살아가게 되었다는 정도?"

"음, 역적이라… 그렇구만. 고생이 많았겠군."

"글쎄요. 어린 시절엔 그것이 고생이라 생각한 적도 많았
지요."

"그런가? 나는 원망을 했었네.'

"원망이요?"

"그래. 나는 명조의 마지막 황손이었네."

"헉!"

그의 말에 모용찬이 깜짝 놀랐지만 무명은 예상했다는 듯
가만히 고개를 주억거렸다.

"짐작은 했습니다. 지금 세상에 함부르 '붉을 주(朱)' 자를
성으로 사용하는 이는 없을 테니까요."

"후후, 그래. 태어나면서부터 나는 부모에게 버림받아야만
했지. 원망스러웠네. 하지만 지금은 그들로 인해 전혀 다른
삶을 살고 있지. 아니, 그렇기에 으히려 단족하고 있다네."

"음……."

둘은 그렇게 한참을 서로에 대해 이야기를 나누었다. 처음

만난 것은 지난밤 잠깐이었고 대화를 나누는 데까지는 불과 일각여에 불과했지만, 모용찬이 보기에 그들은 마치 십 년은 함께해 온 지기처럼 서로의 근황을 묻기도 하고 살아온 인생을 이야기했다.

"보아하니 자네 또한 무공을 익힌 것 같구만?"

"예, 스승님께 배웠지요."

"어제 객점에서 보여준 자네의 한 수는 놀라웠네. 그 때문에 여기서 자네를 기다리게 된 것이지."

"호기심이군요?"

"호기심? 그래, 호기심이었네. 나를 놀라게 할 정도의 한 수를 사용하는 인물이 도대체 누구인지 궁금했지."

"그랬나요? 오히려 제가 더 놀랐습니다만?"

"호오?"

"아마 저희가 없었다면 어제의 그 건달패들은 죽음보다 더한 고통을 입게 되었겠지요."

"그렇겠지. 자, 한잔하게."

"예."

무명이 주량이 내민 술 호로를 받아 들었다.

"그것보다… 자네는 앞으로 이 무림을 어찌 살아갈 생각인가?"

"예?"

"자네라면 거대한 단체의 수장으로서 충분할 테니 말이야."

"과찬이시군요. 글쎄요, 아직 정한 바는 없습니다만……."

"……."

순간 갑자기 즐겁게 웃고 떠들던 주량의 분위기가 변했다. 얼굴은 예의 그 무표정함으로 돌아왔고 싸늘하리 만치 차가운 한기가 스멀스멀 새어 나오기 시작했다. 그의 기세를 느꼈는지 가면인들의 몸에서도 진득한 살기가 퍼져 나왔다.

"꿀꺽."

모용찬은 봄처럼 따뜻하기만 하던 주변이 살기로 가득 들어차자 마른침을 삼키며 자신의 검을 쥐어갔다.

하지만 무명은 그 사실에 전혀 관여치 않고 담담하게 대답했다.

"무극입니다."

"무극?"

"예. 무의 끝을 보는 것. 그것이 지금 저의 목표이지요."

"아니, 내가 묻고자 하는 것은… 어느 편에 설 것인가 하는 것일세."

주량의 눈매가 점차 가늘어졌다. 무명 역시 그 짙어진 살기를 느끼지 못할 이유가 없었다. 이미 몸으로 전해지는 대기의 흐름은 모두가 주량에게 귀속된 것마냥 변해 있었으니까. 그의 기세는 자신의 대답 여하에 따라 순식간에 목을 따버리겠다는 의지의 표현이었으며, 무명 역시 피하지 못할 것임을 느끼고 있었다.

"어느 편에 서야 하는 것입니까?"

"뭐?"

"스승님께서 저에게 가르친 것은 '중도' 입니다."

"중도?"

"저는 아직 마공이니, 사공이니, 정공이니 하는 것은 잘 모릅니다. 하나 인의에 어긋나지만 않는다면 어느 편에도 설 생각은 없습니다. 스승께서 말씀하시길, 어느 편, 어떤 무공인가를 판가름하는 기준은 곧 마음에 달려 있다 하셨고, 보는 이의 판단이라 하셨지요. 저는 세상을 가질 욕심도, 천하제일을 꿈꾸는 욕심도 없습니다. 단지 저는 그 끝이 궁금할 따름입니다."

"……."

살인적인 주량의 기세는 한참이나 지속되었다. 자신의 살기에도 아랑곳하지 않고 웃기만 하는 무명을 바라보던 주량이 한순간 피식 웃었다. 그의 웃음과 함께 주변에 가득 들어찼던 압박감과 살기가 눈 녹듯이 사라져 버렸다.

"인의에 어긋난다라… 후후, 자네는 바보로군."

"……."

"이 혼란한 무림에서 무극이나 좇고자 하니 말이야. 욕심이 없다라… 욕심이 없는 자는 무언가를 이룰 수 없네. 의지나 노력 같은 것은 모두 욕심에서 비롯되는 법이야."

"욕심이 없다 말하진 않았습니다. 제 욕심은 단지 무극에만 집중되어 있을 뿐이지요."

"그런가? 후후, 알겠네. 앞으로 자네의 그 욕심이 변하지 않기를 바라지."

주량이 웃으며 자리에서 일어났다.

"가십니까?"

"그래, 가네."

"아쉽군요. 어쩌면 지금까지 제가 만난 사람들 중에 가장 무극에 근접했을지도 모르는 사람이라 생각되었는데……."

"무극에 근접한다라… 자네는 꿈을 좇는 이상주의자로군."

"이상주의… 입니까?"

무명의 되물음에 주량은 더 이상 답하지 않았다.

"혹, 시간이 되거든 후에 나를 찾아오게. 그때는 정말 좋은 술과 좋은 안주를 대접하지."

"어디로?"

"감숙성 기련산 멸절림."

"……!"

"……!"

주량의 말에 가면인들이 소스라치게 놀란다.

"귀문이라는 곳이 있네. 나는 그곳의 수장을 맡고 있지. 와서 내 이름을 대면 될 것이야."

"귀, 귀문!"

모용찬은 깜짝 놀라 뒤로 넘어지면서 엉덩방아를 찧고 말았다.

"귀문이라… 알겠습니다. 기회가 되면 꼭 찾아뵙지요."

"음, 알았네. 그땐 반드시 자네가 깨달은 무극을 보여주게."

"그러겠습니다."

"그럼 또 보지. 가자!"

주량은 그 말을 끝으로 뒤도 돌아보지 않은 채 떠나 버렸고, 무명은 물끄러미 그 뒷모습을 바라보았다.

"휴우……."

가면인들의 기세가 사라지자 모용찬이 그제야 숨을 내쉬었다.

"귀문이라니……."

"……."

모용찬은 안도의 한숨과 함께 고개를 내저었다. 어찌해서 무명과 함께하는 동안 만나는 사람 하나하나가 이리도 강한 자들뿐이란 말인가? 그것도 세상의 모든 이목을 집중시키는 사흑련주에 중원사룡 중 하나이며 마교와 자웅을 겨룬다는 초절정의 강자 귀문이란 말인가.

"귀문이라니요?"

"에? 모르십니까?"

정녕 모르는 얼굴로 무명이 고개를 갸웃거리자 모용찬이 놀랐다가 이내 한심하다는 표정으로 그를 쳐다보았다.

"귀문은 당금 무림의 태풍의 눈과 같은 존재입니다. 그 힘이 단일 최강이라는 마도에 버금간다 전해진다구요. 그에 비하면 오가화나 사흑련 같은 곳은 새 발의 피라, 이 말입니다."

"그래요?"

"그래요, 라니요. 당연히 놀라야 하는 일입니다! 당연히요! 어째서 그리 관심이 없습니까? 예? 나참, 하여간 범 아가리에 고개를 들이밀었다가 살아났다는 것만 알아두세요."

"그랬습니까?"

아무리 자신이 소란을 떨어도 아무렇지 않게 웃는 무명의 얼굴에 모용찬이 이내 포기하고 한숨을 내쉬었다.

"하여간… 무명님을 따라다니다가는 목숨이 몇 개라도 모자라겠습니다. 어쨌든 이제 어디로 가실 겁니까?

"글쎄요. 사흑련주는 만나봤고 모용공자가 그리 놀라는 귀문의 인물도 만나보았으니 이젠 삼황의 한 사람이라는 마도지존이나 만나러 가볼까요?"

검을 소중하게 끌어안고 묻던 모용찬은 무명의 대답에 순식간에 표정이 칙칙하게 가라앉아 버렸다.

"왜요?"

"절! 대! 안 됩니다! 절대로!"

"어떠십니까? 한번 가보시죠? 그가 어떤 인물인지 궁금하지 않으십니까?"

"안 돼! 이런 제길! 사흑련주를 만났을 때도 죽는 줄 알았는데… 뭐? 미치지도 않고서 마도로 가보겠다고? 안 돼! 절대 안 돼!"

반말까지 해대면서 무서운 얼굴로 반대의 뜻을 밝히는 모용찬으로 인해 무명이 잠시 얼이 빠졌다가 이내 히죽 웃음을 지었다.

"알았습니다, 알았어요. 하하, 그럼 어디로 갈까요? 될 수 있으면 많은 것을 배울 수 있으면 좋을 텐데……."

"정파로 가시죠!"

"정파요?"

"예! 정파에는 과거 십존이었던 분들 중 두 분이나 생존해 계십니다."

마도가 아니라면 어디든지 상관없다는 듯이 나서는 모용찬으로 인해 무명이 슬며시 웃고 말았다.

"좋습니다. 그럼 이번엔 정파로 가보도록 하죠. 하하하."

*　　　*　　　*

"어째서 그리하셨습니까?"

"뭐?"

한참을 걷고 있던 주량을 향해 가면인 중 하나가 물었다.

그것이 주군에 대한 예의에서 어긋남을 알지만 이제껏 비밀로 지켜온 자신들의 근거지가 아닌가. 그런 사실을 쉽게 밝혀 버린 주량이 이해가 되질 않았다.

"글쎄, 어째서였을까? 왠지 말하지 않으면 찾아주지 않을 것 같아서 말이야."

"……."

"어떻게 보았나?"

"무슨 말씀이신지……."

"무명이라는 사내 말이다."

"제가 어찌……."

사실 가면인이 보기에는 그다지 특별날 것이 없는 사내였다. 주량이 그에게서 무엇을 느꼈는지는 모르겠으나 그의 패기 앞에서 흐트러짐없이 당당했던 것만큼은 충분히 놀라웠다. 하지만 그뿐이었다.

"언젠가는 그가 나에게 가장 위협이 될지도 모른다."

"서, 설마?"

"후훗, 지금은 아니겠지. 분명 지금은 아닐 것이야. 하지만 그는 분명 강해질 것이다. 어쩌면 나보다 훨씬 더 강해질지도 모르지."

"하면……."

가면인은 주량에게 목을 베어야 하는 것이 아니었는지를 묻고 싶었다.

"아마 지금의 마음이 이어진다면 그와 싸울 일은 없겠지."

"하지만… 만에 하나……."

"왜? 혹여 그가 우리의 일에 방해될까 봐서 그러나? 아니면 내가 미덥지 못해서 그런 것인가?"

"……!"

주량의 물음에 가면인이 움찔하며 급히 바닥에 몸을 낮췄다.

"죄, 죄송합니다."

"후후, 그럴 수도 있겠지. 하지만… 괜찮지 않을까? 이 무림에서 홀로 모든 것을 이룬다면 너무 외롭지 않겠나. 어쩌면 그 같은 걸출한 상대가 필요할지도 모르지. 만약 그가 나와 적대시한다면 말이야. 무척이나 기대가 되는군."

第三章

천하대국(天下大局)

무림군자

고요.

현재의 무림을 표현하는 말로 이보다 적절한 것이 있을까.
호북 성도에 정도무림연맹 정무협의 총타가 세워지며 남동
지역이 안정화되었다.

절강, 복건, 강서, 광동, 호남, 광서, 귀주, 중경에서 호북까
지 아홉 성도를 아우른 정무협의 그늘 아래로 수많은 무인들
이 모여들었고, 개방이 합류한 이후로는 탄탄하리만큼 세력
을 구축하기 시작했다.

섬서를 사흑련에 내준 오가회는 산서와 하남에 무인들을
집중시켜 사흑련을 방비하는 한편, 하북, 산동, 강소, 안휘를

지배했다.

사천과 운남, 섬서에 이르기까지 중원을 세로로 쪼개듯이 세력을 형성한 사흑련은 섬서무인들의 합류로 전에 없이 더욱 강대한 세력으로 자라났다.

일전에 귀문과 분란이 일었던 신강의 마도와 감숙, 청해의 귀문은 별다른 움직임 없이 침묵하고 있었다.

네 개의 세력이 별다른 움직임 없이 자파의 세력권을 견고하게 다지는 동안 큰 분쟁은 일어나지 않았고 무림은 평화롭기만 했다.

하지만 그것이 폭풍 전의 고요함이라는 것을 모두가 알고 있었다. 한순간의 틈만 생겨난다면 언제라도 거대한 무림 전쟁의 불씨가 될 수 있는, 지독하리만치 팽팽한 긴장 속의 고요함이었다.

사흑련 군사, 독서생의 집무실.

딱, 딱.

의자에 등을 기댄 채 지그시 눈을 감은 독서생은 백익선으로 탁자를 두드리며 무언가를 고심하고 있었다.

섬서 점령 이후 그것을 발판으로 산서, 하남, 호북성을 일거에 차지하고, 중경을 쳐서 형산파를 무너뜨리고자 했던 계획은 개방의 등장으로 인해 지연되고 있었다.

또한 아직까지 섬서의 화산파, 사천에 위치한 아미, 청성,

그리고 사천당문에 이르기까지 측출해야 할 세력은 너무도 많지 않은가.

'후우, 균형이라… 아니, 균형이 이어져서는 안 돼.'

그가 고민하는 것은 지금의 팽팽한 긴장감을 깨뜨릴 만한 비책이었다.

섬서성의 화산파와 사천성의 아미파, 청성파, 사천당문을 인정해 준 이상 그들과는 우호적인 관계에 있는 사흑련이다. 하지만 섬서의 사건 이후로 오가회와는 지금 당장 분쟁이 일어나도 이상하지 않은 상태. 이런 상황에서 내릴 수 있는 결론은 정무협과의 동맹으로 오가회를 친다는 방법이었지만, '의(義)'라는 썩어빠진 논리만을 내세우는 진부한 정파 놈들이 사흑련의 의지대로 오가회를 공격해 줄 리 만무했다. 그렇다고 함부로 정파와 일전을 벌이기에는 오가회가 너무도 강성이 아닌가. 누가 뭐래도 아직 사흑련은 정무협에 비해 약소한 세력이었다.

'이제 곧 귀문은 날개를 펴려 할 것이다. 적어도 일 년, 그 안에 그들과 싸울 만한 세력을 만들어내지 않으면 안 돼. 정무협을 먼저 쳐야 한다. 뭉치기 시작한 정파는 오가회보다 더욱 거대한 힘을 가지게 되었다. 더욱이 개방이 합류한 지금… 완전히 자리가 잡히기 전에 와해시켜야만 해. 상가와 밀접한 관계를 지닌 오가회는 관에서만 나서주어도 충분히 무너뜨릴 수 있다. 하나 정무협은 달라. 무공에 미쳐 있는 놈들이 수없

이 산재해 있어. 지금의 사흑련으로는 전력 자체에서 밀린다. 문제는 정보력인데……'

독서생 곽주한의 미간에 깊은 주름이 생겨 내 천 자를 만들어냈다.

'개방… 빌어먹을 거지 새끼들.'

섭선을 접었다 폈다를 반복하며 독서생은 불안한 듯이 집무실 안을 서성거렸다.

물론 풍룡 무명에 대해서도 잊은 것은 아니다. 분명 그놈을 잡아 찢어버리고 싶다는 생각이 수도 없이 떠올랐지만 모든 일에는 선후가 있는 것이다. 일단은 사흑련의 세력 확장이 먼저였다.

"과연… 그들이 응해줄 것인가."

사흑련의 천하를 만들기 위해 모종을 계획을 세워둔 독서생은 자신의 명을 수행하고 있는 밀원주를 생각했다. 만약 그가 성공한다면 분명 손안에 천하를 넣을 수 있으리라.

인상을 찡그리며 의자에 앉자 집무실 밖에서 인기척이 들렸다.

"군사, 밀원주 막야입니다."

밖에서 들려온 소리에 독서생이 자리에서 벌떡 일어났다. 얼마 전 정무협과의 싸움을 대비해 독서생은 밀원주에게 모종의 임무를 주어 내보냈다. 그리고 지금 그가 답변을 준비해서 온 것이다.

"들어오세요!"

허락이 떨어지자 막야가 공손하게 들어와 문을 닫고 고개를 숙였다.

"어찌 되었습니까?"

막야가 인사도 하기 전에 독서생이 채근하듯이 물었다.

"일단 성사되었습니다."

"정말입니까!"

"예."

일순 독서생의 얼굴이 환하게 밝아졌다. 일이 제대로 해결된 것이다.

"되었습니다. 하하하, 되었어요. 난제가 풀렸습니다, 고심하던 난제가!"

독서생의 웃음소리가 집무실을 울렸다. 한데 밀원주 막야의 얼굴이 밝지 않았다.

"한데……."

"……."

막야가 탐탁지 않은 표정으로 뒷말을 흐리자 독서생이 그를 쳐다보았다.

"군사를 만나보겠다 했습니다.'

"나를?"

"예."

"어째서요? 만나야 한다면 응당 련주님을 만나야 하지 않습니까?"

"저도 말해보았으나… 군사를 만나고 싶다 합니다."

"흠, 그래요? 알겠습니다. 시간과 장소는?"

"다가오는 중양절, 천향루입니다."

"천향루라고요?"

"예."

"……."

장소를 들은 독서생의 미간이 살짝 찌푸려졌다. 하필이면 천향루란 말인가.

"어쨌든 알겠습니다. 수고하셨습니다. 이만 물러가 쉬세요."

"알겠습니다."

막야가 나간 이후 독서생이 한숨을 쉬며 무심코 창가를 바라보았다.

사천에 위치한 사흑련 총단.

이제는 무인들이 수련하는 모습이 낯설지 않은 풍경이 되어버렸다. 처음 방시혁을 만나 사흑련의 재건을 꿈꾸었을 때만 해도 보잘것없는 사파의 작은 문파였을 뿐이다. 하지만 보라, 지금은 중원무림계를 좌지우지할 만큼 거대하게 변해 버렸지 않은가.

'그래, 어차피 한 번은 만나야 할 인물이다. 어차피 그들에 기대기로 한 이상 머뭇거릴 이유는 없어. 이제부터 문제는 인재다. 무인은 이미 수없이 많이 포섭했어. 지금의 힘이라면 천하를 도모하는 데 있어 큰 무리는 없을 것이다. 하지만… 머리가 부족해, 머리가.'

변해 버린 사흑련의 모습에 과거의 기억을 회상하던 독서생의 눈에 들어온 것은 사흑련주 방시혁과 제갈선하의 모습이었다. 둘은 정원에 앉아 한가로운 오후를 보내며 장기를 두고 있었다.

'제갈선하……'

평소 장기를 좋아하는 방시혁이었지만 그가 제갈선하와 대국을 하고 있을 것이라고는 생각조차 해본 적이 없었기 때문에 조금 의아하게 느껴졌다. 비각에 금족령과 비슷한 처지를 당하고 있는 제갈선하가 밖으로 나왔다는 것은 분명 방시혁의 명에 의한 것일 터.

"그렇군. 머리인가?"

독서생의 얼굴에 묘한 미소가 떠올랐다.

"허허, 이런 젠장. 또 당했군그래."

"호호, 사흑련주께선 너무 성급하시군요."

"허참, 어째서 매번 같은 계책에 당하는 거지?"

"호호."

한가로운 오후의 햇살 아래 사황대 무인들의 호위를 받으며 장기를 두던 방시혁의 멋쩍은 웃음과 제갈선하의 웃음소리가 퍼져 갔다.

그 모습을 지켜보며 희미하게 웃음 짓던 사황대주 천하성은 독서생이 다가옴을 느끼고 고개를 숙여 예를 표했다.

"군사를 뵙습니다."

"……"

독서생은 살짝 손을 들어 천하성의 인사에 답하고는 제갈선하와 방시혁이 있는 곳으로 가까이 다가갔다.

"아, 군사."

"어서 오세요."

"련주님을 뵙습니다."

독서생은 환하게 웃으면서 방시혁의 곁으로 다가섰다. 대충 상황을 보니 방시혁이 진 모양이었다. 그것도 제갈선하의 '마(馬)'와 '차(車)'를 하나씩만 먹었을 뿐, 궁을 제외한 모든 수졸들이 떨어져 나간 참패였다.

"이거 참, 자네가 상대해 주지 않아서 대국을 청했는데… 괜한 짓이었던 모양일세. 내리 세 판을 패했어."

"그렇습니까?"

"음, 이기고 있다 생각하면서 왼쪽을 몰아가면 어느샌가 궁이 잡혀 있질 않은가. 오른쪽을 몰아가면 반대쪽이 뚫려 나가니 원."

"과찬이십니다. 련주께서 너무 성급하셔서 그렇지요."

방시혁이 뒷머리를 긁적거리자 제갈선하가 입을 가리면서

웃었다.

"어떤가? 근래에 두문불출했는데, 자네가 한번 둬볼 텐가?"

"아닙니다. 제가 어찌 련주님의 작은 즐거움을 방해하겠습니까. 저는 그냥 구경만 할 참입니다."

"하하, 이 사람. 내가 몰래 제갈 소저를 불러내서 질투라도 하시는 겐가? 그러지 말고 한판 둬보시게. 나도 구경 좀 해야겠네."

"지, 질투라니요, 련주."

방시혁의 놀림에 독서생이 인상을 찡그리며 정색을 지었다.

"과민 반응하기는. 어쨌든 한판 둬보게. 실력이 보통이 아니란 말이야."

"……."

독서생의 어깨를 잡은 채 웃으며 방시혁이 일어나자 독서생은 어쩔 수 없다는 표정으로 가만히 자리에 앉았다.

"호호, 이번엔 사흑련 최고의 두뇌이신 군사님과의 승부인가요?"

"……."

앙칼지고 표독스럽기만 하던 제갈선하의 얼굴에 미소가 지어졌다. 모처럼 만의 외출이라 기분이 좋아진데다 계속된 승리에 도취된 얼굴이었다.

"흠, 그럼……."

"제가 객이니 초(楚)나라를 택하지요."

독서생은 말없이 한(漢)나라의 수졸들을 장기판에 배치했다. 제갈선하는 독서생이 장기말을 배치하는 모습을 보면서 잠시 고민했다.

'안상이라… 원앙마(鴛鴦馬)나 양각상(兩角象)의 포진을 사용할 셈인가?'

"……."

제갈선하는 방시혁과 마주하던 때와는 달리 포석에서부터 골똘히 고민을 하며 여러 번 상마의 자리를 바꾸어 잡았다.

"호오, 역시… 고수들의 싸움은 포석에서부터 시작인가?"

"음……."

비록 장기에 불과했으나 이미 긴장감이 팽팽하게 달아올라 주변에 있던 방시혁을 비롯한 사황대 무인들의 시선이 집중되었다. 어떤 무인은 침을 삼키기도 했다.

딱.

초를 잡은 제갈선하의 첫수로부터 두 사람의 승부가 시작되었다.

딱. 딱. 딱.

수가 더해갈수록 치열한 공방이 시작되었고, 보이지 않는 머리싸움이 진행되었다. 일진일퇴를 거듭하는 형세에 모두가 침을 삼키면서 긴장했다.

'놀랍군. 안상으로 포진하기에 원앙ㅁ와 양각상인 줄 알았더니… 각마(角馬)인가? 역시 대단한 사내군. 예측이 힘들겠어. 자칫하다가는 좌익이 무너지겠군.'

예상외의 전개가 이루어진 형세에 제갈선하의 눈매가 가늘어졌으나 독서생의 표정은 여유롭기만 했다.

"지극히 공세적인 수로군요?"

"후후, 방어가 능수는 아니지요."

독서생의 말에 제갈선하가 아랫입술을 지그시 씹었다.

'결국… 내주어야 하나? 어쩔 수가 없겠군. 하지만……'

딱.

"……."

무언가를 결심한 제갈선하가 왕의 전면을 가로막고 있던 졸(卒)을 열어버리자 독서생의 인상이 굳어졌다. 그것은 마치 공격할 테면 해보라는 투가 아닌가. 측면을 노리고 있던 자신의 수를 완전히 뒤바꾸어야만 될 상황인 것이다. 충분히 좋은 방법이기는 했으나 문제는 몇 수가 오가던 초왕의 목을 벨 수 있는 기회, 실로 먹음직스러운 고기를 내던져 주는 것과 같았다.

"포기… 입니까?"

"호호, 설마요? 도발이라고 해두죠."

"도발이라……."

다른 수를 감추고 있단 말인가. 그녀를 모르는 사람이라면 금세 치고 들어갔겠지만 독서생은 제갈선하가 얼마나 뛰어난 여인인지 잘 알고 있다. 그녀의 얼굴에 떠오른 미소가 자신의 생각을 방해했다.

'함정인가…….'

고민이 시작되었다. 필시 함정을 파놓고 자신을 도발하고 있는 것이다. 너무도 선명해서 그것이 함정임이 분명하다 느낄 정도였지만, 수십 가지 방법을 생각해 보아도 다른 노림수는 보이지 않았다. 더구나 너무도 먹기 좋은 상차림이 아닌가.

독서생의 미간이 더욱 찌푸려졌다.

"꿀꺽."

주위에서 지켜보던 사람들로서는 장기판 하나로 이런 긴장감을 만들어낼 수 있다는 사실이 놀랍기만 했다.

"이거, 정말 놀라운데요? 군사가 저리 고전하는 것은 처음 봅니다. 한데 무엇을 고민하는 것일까요? 제가 보기엔 너무 좋은 기회인데……."

"천 대주, 모르는 소리 마라. 내가 저 수법에 두 번이나 당했단 말이다. 언뜻 보기에는 끝난 시합이나 다름없다고. 한데 한번 당하고 나니 함정인 것을 알겠더란 말이야. 하지만 의심을 하고 또 의심해 봐도 여전히 당하게 되더라고. 정말이지, 치고 들어갈 수밖에 없는 함정이 아닌가."

방시혁이 미소를 짓고 있는 제갈선하를 보면서 퉁명스럽

게 말했다.

'함정임을 알고도 당한다?'

그 말에 독서생이 장기판의 형세를 유심히 살펴보았다.

양쪽을 공격해 가던 자신의 수를 어설프게 방비하고 있어 언제든 치고 들어갈 수 있는 형세. 한데 중앙이 너무 열려 있지 않은가.

문득 독서생이 제갈선하를 쳐다보았다. 그러고 보니 좋은 말 하나를 그냥 버려두고 있었지 않았나 하는 생각이 들었다. 자신이 이루고자 하는 꿈에 이제 더 이상의 무인은 필요없었다. 한 명의 고수가 일백의 무인보다 뛰어나다는 사실은 믿지 않는다. 지금 자신에게 필요한 것은 자신을 보좌해 줄 만큼 뛰어난 전략가였다. 그리고 그 전략가가 눈앞에 있지 않은가.

"이거, 만만히 보다가 제가 당했군요. 다시 한 번 둬볼까요?"

"……."

아직 장기말들이 떨어진 것도 아닌데 너무도 쉽게 패배를 선언해 버리자 제갈선하가 눈에 이채를 띠며 생긋이 웃었다.

"좋아요. 제가 일승이군요. 자고로 삼판양승이라 했으니… 두 판을 먼저 이기는 사람이 이기는 것으로 하지요."

"좋습니다. 한데 이런 대국에 내기가 없어서야 되겠습니까?"

"내기요?"

"예."

"음, 내기라… 좋아요, 그러죠. 어떤 내기를 원하시나요?"

제갈선하가 웃으면서 물었다.

"제갈 소저가 이기면… 돌려보내 드리겠습니다."

독서생은 아무렇지도 않게 내뱉으며 자신의 포진을 꾸렸으나 주변의 인물들은 그 말에 깜짝 놀라 그를 바라보았다. 제갈선하는 완전히 경직된 채였다. 자신을 풀어주겠다니, 도대체 의도가 무엇이란 말인가.

"지, 진심인가요?"

"하하, 설마 저도 장부인데 중천금을 어기기야 하겠습니까?"

제갈선하는 날카로운 눈으로 독서생을 쳐다보았지만 그가 어떤 생각을 가지고 있는지 도무지 짐작조차 할 수가 없었다.

"만약… 제가 지면요?"

"그건 그때 말하지요. 미리 알면 재미가 없질 않습니까."

제갈선하의 머리는 더욱 복잡하기만 했다. 설마하니 자신을 놓아주겠다는 조건을 내걸고 어설픈 대가를 요구하지는 않을 것이다.

"좋아요, 그리하지요."

"그럼 자, 대국을 시작해 볼까요?"

모두가 침묵했다. 독서생이 어찌하여 저러한 조건을 내걸었는지는 모르지만 분명 생각이 있는 것이리라.

딱.

독서생이 첫수를 두었다.

간단한 한 수였으나 제갈선하의 머릿속에서는 수만 가지 책략이 만들어지기 시작했다. 자신과 호혜의 생환이 달린 문제다. 어찌 조심스럽지 않겠는가.

"두지 않으실 겁니까?"

한 수를 두는 데도 고심에 고심을 거듭하는 제갈선하를 보면서 독서생이 피식 웃자 제갈선하는 아랫입술을 지그시 깨물었다. 이미 기세를 빼앗긴 것이다. 책략가에게 있어 무엇보다 중요한 것은 평정심이었다. 한데 독서생은 평정심을 유지하고 있으나 자신은 잃어버렸다.

딱. 딱.

제갈선하의 대응에 독서생이 별생각조차 하지 않으며 다음 수를 두었다.

"제갈 소저, 혹시 이 장기의 유래를 아십니까?"

독서생이 장기판을 내려다보며 제갈선하에게 물었다. 물론 그녀는 잘 알고 있었다. 한데 어째서 그런 것을 물어오는 것일까?

"장기는 초패왕 항우(項羽)와 한왕 유방(劉邦)의 각축전을 모방한 것이지요. 이른바 전쟁에서 사용했던 병력을 말로 두고 벌이는 머리싸움입니다."

"……."

"비록 이 작은 나무판일지라도 그 속에는 수많은 싸움이 벌어지고 있지요. 제갈 소저, 지금의 강호를 어찌 보십니까?"

딱.

"강호?"

딱.

"예, 강호 말입니다."

"……."

어째서 묻는 것일까? 독서생은 장기말을 옮기면서 말을 계속 이어갔다.

"지금의 강호는 바야흐로 군웅할거의 시대. 금무령이 해제된 지 오 년이 흘렀고, 무림에는 과거의 강자들이 서서히 모습을 드러내고 있습니다. 우리 사흑련을 비롯해 가장 강한 힘을 가진 이들은 동서남북으로 금을 그어두고 있지요. 하지만 모두가 서로의 눈치만 보며 누구 하나 움직이지 않고 있습니다."

딱.

"……."

"팽팽한 긴장감이죠. 지겨울 정도로 팽팽한 긴장감이 무림을 가득 채우고 있습니다."

딱.

장기판 위에서 독서생의 차가 측면을 공격해 들어왔다. 독서생의 말에 귀를 기울이고 있던 제갈선하가 그제야 깜짝 놀랐다.

측면을 눈을 뜨고 내어준 것이다.

이미 마와 상이 버티고 있어 들어온 차를 쳐내기가 불가능해 보였다. 좀 전과 같은 방법을 사용하는 것은 무리. 이미 한 번 경험한 패배를 돌이킬 정도로 독서생은 어수룩하지 않을 터였다.

"으음……."

"오가회, 정무협, 귀문, 마도… 모두가 쟁쟁한 세력이지요. 하지만……."

딱.

"……!"

독서생의 한 수에 제갈선하가 눈살을 찌푸렸다. 그가 예상 밖의 수를 두었기 때문이다.

"군사."

"허, 이보게. 그 자리는 필사일세."

어처구니없는 독서생의 수에 지켜보던 방시혁과 천하성 마저 기다리지 못하고 훈수를 두고 말았다. 독서생은 이미 유리한 상황에서 자신의 포진이 완벽하게 구축되어 있는 곳에 차를 밀어 넣었다. 그것도 도망칠 곳조차 없는 곳에 말이다.

제갈선하가 독서생의 생각을 살펴보기 위해 고개를 들어 올리는 순간, 그와 눈이 마주쳤다.

그의 눈은 칙칙한 살기를 내뿜고 있었고 입가에는 알 수 없는 미소만이 감돌고 있었다.

"궁금하십니까, 어째서 제가 이곳에 두었는지? 죽을 게 뻔하다 생각되는데 말입니다."

"……."

제갈선하는 답할 수가 없었다. 그는 자신에게 무엇을 묻고자 하는 것인가.

"사흑련은 지금까지 수많은 무인들을 포섭했습니다. 개중에는 삼류나 이류도 있지만 저 바다의 모래알만큼 많은 강자들이 있지요. 이제 사흑련은 천하를 도모해도 전혀 밀리지 않는 저력이 생겼습니다."

"무슨?"

제갈선하가 장기말을 든 채 독서생을 쳐다보았다.

"한데 그 무인들을 움직여 줄 머리가 부족합니다."

"……."

"제가 이긴다면, 당신을 얻었으면 합니다."

"……."

제갈선하의 눈이 부릅뜨여졌다.

그는 내기의 대가로 자신의 지혜를 빌리려는 것이다.

"마음에 들지 않아요, 지금의 무림이. 이 장기판처럼 팽팽한 균형이 마음에 들지 않아요. 누군가 먼저 치고 들어가지 않으면 이 균형은 깨어지지 않을 겁니다."

독서생의 눈에 파란 불꽃이 일렁거렸다.

"지금부터 저는 이 팽팽한 균형을 깨터리려고 합니다. 그리고 천하를 가져 보려 합니다."

"꿀꺽."

독서생의 모습에 지켜보고 있던 모두가 마른침을 삼키고 말았다. 과연 이것이 무공이 없는 자가 내뿜을 수 있는 기세란 말인가.

제갈선하의 동공이 잘게 떨렸다. 장기판은 독서생의 말처럼 팽팽하게 대치한 체 서로를 견제하고 있는 형색이다. 하지만 좀 전의 한 수, 차를 죽음으로 내몬 단 한 수로 인해 균형은 깨어질 것이다.

제갈선하가 차를 살려준다면 자신이 위험할 것이고, 차를 잡는다면 순식간에 먹고 먹히는 전장으로 변할 것이었다.

"그렇다 해도 품 안의 장수를 버리면서까지……."

"때로는 희생이 필요할 때도 있는 법입니다. 그 희생이 대의를 불러올 만큼 값진 것이라면 죽는다 하여도 아깝지 않은 법이지요."

"……."

제갈선하의 눈이 가늘어지며 마치 '무슨 생각을 하는 겁니까?' 라 묻는 듯했다. 독서생은 그녀의 물음에 답하듯이 입을 열었다.

"어떻습니까? 제게 도움을 주시겠습니까?"

"……."

답할 수가 없었다.

이미 내기는 시작되었으니까.

第四章

빙룡

1

거대한 대전을 중심으로 수십여 명의 인영이 늘어서 있었
다. 거대한 문파에서 자주 볼 수 있는 모습이나 그와 달리 한
가지 특이한 점이라면, 그들이 입고 있는 옷이 모두 짐승의
털로 이루어졌다는 것이고 대전을 받치고 있는 것이 얼음 기
둥이라는 사실이었다.

"향이가 궁을 나갔다고?"

거대한 얼음의 대전, 중앙 끝자락에 앉은 백발의 노인이 느
긋한 표정으로 물었다.

"예, 궁주."

"도망간 것인가?"

"예."

"그렇겠지. 그래, 이번엔 어디로 간 거지?"

"글쎄요? 아마도 중원의 상단을 찾아간 듯합니다."

"또?"

"예."

"그래, 누가 따라갔나?"

"빙천 열둘이 따라 나갔습니다."

"음, 또 한바탕 소란스러워지겠구만."

"……"

백발의 노인이 미간을 찌푸리자 모두들 입을 다물었지만 부정하는 표정은 아니었다.

"어쩔 수 없지. 놔둬라. 가슴에 맺힌 것은 풀어야 하지 않겠나."

"예, 궁주."

"그럼 이만 오늘 회의는 끝내도록 하지."

"알겠습니다."

노인이 일어나자 좌정하고 있던 이들이 그의 뒤를 따랐다.

무림에는 알려진 수많은 기인이사와 고강한 문파들이 많았고, 그 수 또한 적지 않았다. 하지만 중원 어디에도 백발의 노인의 위명에 고개를 빳빳하게 들 수 있는 이는 드물었다. 왜냐하면 그는 바로 십존의 수좌라 불린 빙마존(氷魔尊) 설천호(雪天虎)였기 때문이다.

"에휴, 궁을 이어받을 놈이 후계자 수업은 하지 않고 밖으로 쏘다니기만 하다니… 쯧쯧."

빙마존 설천호가 혀를 차며 고개를 젓자 그를 위로한답시고 옆에서 따르던 노인이 거들었다.

"그래도 제법 이름이 난 모양입니다. 빙룡(氷龍)이라 불린다더군요."

"음."

조금 기분이 좋아진 걸까, 설천호의 얼굴에 작은 미소가 어렸다.

"당연한 소릴. 누구 손녀인데……."

*　　　　*　　　　*

여명이 밝아오는 시각.

얇은 면사로 얼굴을 가린 한 떼의 인영들이 나룻배에 몸을 싣고 단강구(丹江口)를 향해 들어오고 있었다.

"다 왔습니다요."

"……."

면사의 인물들은 사공의 말엔 아무 대답도 않은 채 멀리 나루터를 쳐다보았다.

"저… 뱃삯은 닷 냥……."

쩔거럭.

사공의 말이 끝나기도 전에 묵직한 철전 소리와 함께 작은 주머니가 발 앞에 떨어졌다.

돈 주머니를 주워 들면서 사공이 면사의 인물들의 눈치를 살폈다. 하남성 남소현(南召縣)에서 자신의 배에 오른 열두 명의 인물은 단강구까지 오는 반나절의 시간 동안 단 한 마디도 하지 않았다. 입은 의복으로 보아 여인들임을 알 수 있었으나 왠지 차가운 느낌에 사공도 함부로 말을 걸 엄두를 내지 못했다.

"수고했다."

"아, 예. 별말씀을요. 제 일이니……."

처음 들어보는 손님의 목소리가 무척이나 청아하다는 생각이 들었던 사공은 갑자기 여인들이 배가 나루에도 닿기도 전에 내리려 하자 깜짝 놀라 만류하려 했다.

"소, 손님, 아직……!"

쩌저적!

"응?"

면사의 인물들을 말리려던 사공은 갑자기 무언가 갈라지는 듯한 소음에 고개를 돌렸다가 기겁하여 배에 엉덩방아를 찧고 말았다.

"가… 강이 얼어?"

강이 얼다니, 이 무슨 해괴망측한 소리란 말인가. 호북성은 겨울이 와도 따뜻한 날씨 때문에 좀체 강이 얼지 않았다. 더구나 아직 가을이 아닌가. 한데 거짓말처럼 강이 얼어붙고 있었다. 얼음 위로 내려앉은 여인들은 당연하다는 듯이 바닥을 즈려밟으며 나루터로 향했다. 사공은 혹여 자신이 헛것을 본 게 아닌가 하여 눈을 비벼보았지만, 분명 여인들이 걸어가는 곳은 두꺼운 얼음길이 만들어져 있었다.

"말… 도 안 돼……."

설마 자신이 귀신을 태우고 왔단 말인가. 믿을 수 없는 광경에 사공은 그만 눈을 까뒤집고 배 위에서 기절해 버렸다.

선두에서 옷자락을 휘날리며 대차게 걸어가는 여인은 그러한 사실을 아는지 모르는지 나루에 올라 주변을 살폈다.

"소궁주."

"응? 왜?"

뒤에 따르던 검은 면사의 여인이 조심스럽게 말을 꺼냈다.

"함부로 내력을 드러내심은 좋지 않습니다. 이곳은 엄연히 적지. 더구나 환란의 시간 이후 궁에 대해 악감정을 가지고 있는 자들이 아직 많습니다. 자중해 주십시오."

"칫, 그따위 것……."

"소궁주!"

"알았어, 알았다고."

"……."

백의 면사의 여인이 귀찮다는 듯이 손을 휘젓고는 고개를 돌려 버리자 그녀는 체념한 듯이 고개를 내저었다.

열한 명의 검은 면사를 쓴 여인.

빙궁에서는 그녀들을 빙천이라 불렀고, 그녀들의 임무는 백의 면사를 쓴 여인을 호위하는 것이었다. 왜냐하면 그녀는 중원이 '빙룡'이라는 명호를 지어준, 자신들이 속한 북해빙궁의 소궁주 설향이었기 때문이다.

"자, 그럼 이번에도 그 파렴치한 개자식들을 찾아볼까!"

뚜두둑! 뚜둑!

양손을 깍지 긴 채 손가락을 푼 빙룡 설향은 옥구슬 굴러가는 듯 아름다운 목소리와는 어울리지도 않게 '개자식들(?)' 이라는 거침없는 욕설을 내뱉으며 걸음을 내딛었다.

*   *   *

그 시각, 단강구(丹江口)를 향해 또 다른 인물들이 배를 탄 채 들어서고 있었다.

"고생하셨습니다."

"아이구, 별말씀을. 도리어 소인이 두 분 덕에 살아왔습니다요."

"하하, 여기 뱃삯입니다."

"이거, 받아도 될지……."

"아무렴요. 당연히 받으셔야지요."

보는 이의 마음을 즐겁게 해줄 만큼 해맑은 미소를 짓는

두 명의 청년, 얼마 전 감숙성을 떠나온 무명과 모용찬이었다.

배를 타고 오는 길에 수적을 만나는 통변을 당했으나 모용찬의 무공으로 별 어려움 없이 위기를 벗어난 사공과 승객들은 무명과 모용찬을 향해 연신 고마움을 표하며 나루터에 내렸다.

"그나저나 모용 공자, 전에 말한 정파라는 곳. 이곳에 있는 것입니까?"

"그럼요. 호북성은 예로부터 정파의 근거지와 같은 곳이라고요. 이곳 단강구 근처에 무당산이라는 곳이 있는데, 그곳은 중원 검학(劍學)의 조종이라 불리는 무당파가 위치하고 있다고요. 더구나 얼마 전 무당산에서 정무협의 개회가 있었으니 분명 뛰어난 분들이 많이 계실 겁니다. 더구나 삼황의 일인이신 송학 도장의 적전제자인 검룡마저 나타났다고 하니 꼭 만났으면 좋겠습니다."

"하하, 어째 저보다 더 즐거운 모습인걸요?"

"그랬습니까?"

모용찬이 무명의 말에 쑥스러운 듯이 뒷머리를 긁적거렸다.

지난 몇 달간의 시간 동안 모용찬의 검술은 하루가 다르게 발전하고 있었다. 더욱이 가문에서조차 사장되어 가던 '화필검'은 완벽하게 다른 모습으로 변해 있었다. 어쩌면 모용세가는 미래의 검왕을 배출해 낸 것인지도 몰랐다.

"응?"

문득 모용찬과 함께 걷던 무명이 묘한 느낌에 걸음을 멈췄다.

"왜 그러십니까?"

"……."

모용찬이 의아해하면서 물었지만 무명은 자신의 곁을 스쳐 지나간 인물들의 뒷모습을 바라보고 있었다.

면사로 얼굴을 가린 열두 명의 사람. 분명 체형은 여인의 것이었으되 마땅히 있어야 할 분향조차 없었다. 그들에게서는 사람의 온기 대신에 시리도록 차가운 기운만이 소름이 돋아 오를 정도로 자리하고 있었다.

"무명님?"

"아, 죄송합니다. 가시죠."

무명이 멋쩍게 웃으며 걸음을 옮겼다.

'무림이라는 곳은 참 신기하군. 소름이 돋아 오를 정도의 차가움을 지닌 여인들이라니……'

2

쩌저적!

검은 면사를 쓴 여인이 정문에 손을 대자 장원을 지키던 위사들이 검을 뽑아 들고 위협했다. 하지만 거대한 정문이 순식간에 얼음으로 변해 버리자 주춤거리면서 물러났다.

"뭐냐? 해보자는 거냐?"

백색 면사의 여인 설향이 가소롭다는 눈빛으로 위사들을 쳐다보았다.

"아, 아닙니다. 저희가 어찌……."

단 한 수로 극명한 실력차를 드러낸 강자에게 위사들은 꼬리를 만 개가 되어버렸고, 이내 그들에게 흥미를 잃어버린 설향이 말했다.

"부숴."

나지막한 명령에 손을 올렸던 여인이 살짝 힘을 주었다.

쩌적! 쩌저적!

그녀의 손을 중심으로 얼음이 되어버린 정문에 금이 가기 시작하더니, 금세 조각이 되어 떨어져 나간다.

"천가상단주 천가명! 분명 네놈도 그때 그 자리에 있었지? 어디 함 죽어봐라."

설향이 이죽거리면서 정문을 지나쳐 들어가자 빙천들이 그 뒤를 따랐다. 상단의 장원 안에 있던 사람들은 갑자기 정문이 얼음으로 변해 부서져 나가자 멍한 표정으로 설향과 빙천들을 쳐다보았다.

"뭐야, 저것들은?"

"글쎄요?"

갑작스러운 사태에 천가상단의 사람들이 하나둘씩 모여들었다.

"좋아, 그럼 어디… 흐읍!"

설향이 장원 안쪽을 둘러보더니 가슴 깊숙이 숨을 들이마셨다.

"천가명! 이 개자식아! 빨리 튀어나와!"

"……!"

"……!"

설향의 고함에 장원이 떠들썩하게 울렸고, 그 말을 듣지 못한 이는 아무도 없었다.

"뭐, 뭐야?"

"이런 썅! 미친 거 아냐?"

잠시 멍하게 서 있던 상단의 호위무인들이 인상을 와락 구기면서 설향 일행에게 다가섰다. 천가상단이 만들어진 이후로 이런 무도한 잡년(?)들은 없었다.

"뭐 하는 년이냐? 미치려면 곱게 미칠 것이지, 어디 와서……."

턱.

"응?"

어느새 다가왔는지 자신의 이마에 올려진 차가운 손의 감촉. 그리고 눈앞에서는 차가운 살기로 넘실거리는 눈동자와 검은 면사가 보였다.

"네놈의 신중하지 못한 혓바닥을 탓하거라."

"······!"

쩌저적, 쩌적.

일말의 동요도 없이 내공을 발출한 그녀에 의해 잠시나마 호기롭게 나섰던 상단의 무인은 얼음 동상이 되어버렸다.

"······!"

"······!"

기절초풍할 일이 아닌가?

손을 올린 것만으로도 사람의 전신을 얼음으로 만들어 버리다니, 엄청난 빙공이 아닐 수 없었다. 여인의 한 수에 모두가 침을 삼키며 뒤로 물러났다.

"이런, 개자식. 불렀는데도 안 나온다, 이 말이지?"

설향이 조금 언짢은 듯이 팔짱을 낀 채로 바닥을 찼다.

"화란!"

"예, 소궁주."

"개를 쥐어 패다 보면 주인이 나오겠지?"

설향의 말인즉, 주인인 천가명이 기어나올 때까지 상단을 쑥대밭으로 만들어 버리라는 뜻이었다.

"빙천 수신호위 화란, 소궁주의 명을 받듭니다."

설향의 말에 까무잡잡한 피부의 여인이 앞으로 나섰다. 검은 면사로 얼굴을 가리고 있었지만 그녀의 눈에는 오만함이 가득했고, 충분히 그럴 만한 능력이 있어 보였다.

"오너라."

화란은 아무런 자세도 잡지 않은 채 상단의 무인들을 향해 나지막하게 말했다. 하지만 지금 이 순간 그 누구도 섣불리 움직이지 못했다.

"오지 않으면… 내가 가지."

나지막한 읊조림과 함께 그녀의 몸에서 차가운 한기가 피어올랐다.

여름 날씨가 순식간에 차갑게 얼어붙어 장원 안뜰에는 서리가 내렸다.

쨍그랑!

"허헉! 이게 무슨!"

넋을 놓고 쳐다보던 상단 무인 중 하나가 갑자기 차가워진 검을 기겁하며 놓치고 말았다.

쉬이익!

화란의 눈이 회백색으로 물드는가 싶더니, 순식간에 전면으로 쇄도하기 시작했다.

퍼억! 끅! 빠바박!

수십여 명의 무인이 화란 한 명을 막아내지 못했다.

공격이라도 할라치면 차디찬 한기에 주먹이 얼어버렸고, 검이 얼어붙어 검집에서 빠져나오지 않았다.

상단의 호위무사란 일정량의 급료를 받고 일하는 자들.

낭인들 중 수위에 드는 실력자들도 있었지만, 북해빙궁의

최고수라 손꼽히는 빙천을 당해낸다는 것 자체가 어불성설이
었다.

상황은 순식간에 정리되어 상단의 호위무사들은 순식간에
바닥을 뒹굴었다. 호흡 한 번 거칠어지지 않은 화란은 차가운
눈으로 자신이 만들어낸 풍경을 쓸어보던서 몸을 돌려 제자
리로 돌아왔다.

설향은 여전히 무심한 눈으로 상단을 쳐다보았다.

"어쭈, 개들이 맞아도 안 나온다, 이거지? 어디, 네놈이 얼
마나 버티나 두고 보지."

눈이 가늘어진 설향이 천천히 손을 들어 올렸다. 화란의 무
위를 본 터라 상단의 인물들은 그녀의 작은 행동 하나에도 시
선을 집중했다.

"부숴!"

짧고 간결한 그녀의 한마디와 함께 빙천들이 몸을 날렸
다.

그녀의 손가락 끝이 향한 곳은 우측의 작은 전각. 한기 어
린 장력이 내뿜어지고 저마다의 무구들에서 강맹한 내력이
뻗어나갔다.

콰쾅! 우지끈!

말 그대로 찰나의 순간이었다.

튼튼할 것이라 생각했던 목조의 전각은 긴 호흡 한 번 하는
동안에 박살이 나서 주저앉고 말았다.

"저, 저럴 수가!"

"도대체 저들은 누구냐?"

"……."

밖에서 소란이 벌어지는 동안 천가명은 자신의 전각에 몸을 숨긴 채 밖으로 나가지도 못하고 있었다.

갑자기 정문을 부수며 들이닥친 열두 명의 괴녀(怪女).

뚱뚱한 체구의 천가명은 연신 식은땀을 흘려가며 자신이 원한을 맺은 인물 중에 저러한 고수들이 있었는지 기억을 더듬어 보았지만 전혀 떠오르는 것이 없었다.

콰쾅! 우지끈!

"뭐, 뭐냐!"

또 한 번의 굉음이 들려왔다.

"두 번째 전각이 무너졌습니다."

"뭐라고?"

정말 무섭기 짝이 없는 여인들이 아닌가.

일신의 무공만으로 거대한 전각을 두 개나 날려 버리다니. 그 강함보다 천가명에게 먼저 드는 생각은 전각 두 개를 다시 지으면서 들어가는 비용이었다.

"이런 제기랄! 도대체 뭐 하는 년들이야! 우리 상단과 도대체 무슨 악연이 있는 거야?"

그때 밖에서 고래고래 지르는 소리가 들려왔다.

"천가명! 이 개자식아! 안 나오면 모조리 부숴 버린다!"

"상단주님을 찾는데요?"

"알아! 이 자식아! 그러니까 저 무서운 년들이 어째서 날 찾느냐고!"

"그야, 소인도 모릅죠."

총관이라고 하나 있는 놈이 정말이지 전혀 도움이 안 된다는 생각이 들었다.

"젠장, 어쩔 수 없다. 하 총관."

"예, 상단주."

"넌 이 길로 뛰어가서 관에 신고라도 해라. 일단 그때까지 내가 시간을 끌어보마."

"관에요?"

"당연하지! 저런 것들을 그냥 둘 순 없어."

"위험하지 않을까요?"

"그렇겠지?"

천가명의 당당하던 위세가 급격하게 줄어들었다. 아무리 돈이 중요하다곤 해도 목숨보다 중요할 수는 없을 테니까.

"천가명! 나와!"

쾅! 우광쾅!

벌써 세 개째의 전각이 무너졌다. 이렇게 된 이상 천가명도 가만히 참고 앉아 있을 수만은 없었다.

"제기랄! 하 총관, 일단 가서 포교들이라도 불러와라. 아무래도 내가 나가봐야겠다."

"알겠습니다."

총관이 뛰어나가고 천가명은 떨리는 가슴을 진정시키면서 가까스로 정원으로 향했다.

장원 안은 이미 쑥대밭이 되어 있었다.

"오호, 천가명. 드디어 나왔군. 네놈의 얼굴을 한 번도 잊은 적이 없지."

"……."

언제 봤다고 잊은 적이 없다 말하는 걸까? 아무리 생각해봐도 자신이 이런 고수의 비위를 상하게 한 적은 없었다. 천가명은 상대의 기분을 혹여라도 해칠까 최대한 자세를 낮췄다.

"여, 여협, 저는 처음 뵙습니다만."

"처음 본다고?"

설향의 눈꼬리가 살짝 올라갔다.

"처음 본다, 이거지? 좋아, 이러면 알아보겠나?"

"예?"

설향이 얼굴을 가리고 있던 백의 면사를 걷어내자 상단의 인물들에게서 경탄성이 터져 나왔다. 그녀의 얼굴은 지금의 상황을 완전히 잊어버릴 만큼 아름다웠던 것이다.

"못 알아보겠나?"

설향의 말에 몽롱한 표정을 짓던 천가명이 퍼뜩 정신을 차렸다.

"저… 저는 잘……."

"네놈……."

설향이 어금니를 깨물었다.

천가명의 눈은 자신을 기억하지 못할 뿐만 아니라, 예전 그때처럼 음심으로 가득 차 탐욕스럽게 자신을 쓸어보고 있질 않은가.

"팔 년 전, 낙양, 노예 경매장."

설향의 입에서 흘러나오는 단어들은 무척이나 익숙하게 들렸다.

자신도 무척이나 잘 알고 있는 곳이 아닌가. 지금은 거의 찾아볼 수 없게 되었지만, 예전의 낙양에는 노예 경매장이 분명히 있었고, 자신 또한 그곳의 최대 고객 중 한 사람이었다.

"그것은 어찌?"

아무리 생각해 봐도 설향의 말이 이해되지 않는 천가명이 궁금증 가득한 얼굴로 물었다. 마치 그의 의문을 해결해 주기라도 하듯이 설향이 말을 이어갔다.

"기억하지 못하는 건가? 나는 생생하게 기억하는데 말이야."

설향이 미소를 지으며 천가명에게로 천천히 다가갔다.

한발 한발이 옮겨갈수록 분노와 함께 그녀의 몸에서 엄청난 한기가 쏟아져 나왔다. 장원 안이 겨울이라도 된 듯이 얼음으로 뒤덮이기 시작했다.

"네놈들이 짐승처럼 팔아치우고 색욕에 가득한 눈으로 바라보던 북해의 여인이 바로 나다. 나는 그때 네놈들의 눈빛 하나하나를 똑똑하게 기억해 두었지. 얼마 전엔 신대상단을 다녀왔다. 그놈의 두 눈을 뽑아버렸지. 알고 있니?"

표정은 생긋이 웃고 있었지만 그녀의 분노는 무시무시했다.

그녀의 손이 닿은 천가명의 어깨가 허옇게 얼기 시작했다.

"꿀꺽."

천가명의 목울대로 연신 침이 넘어갔다.

신대상단의 몰살.

충분히 들어 알고 있었다. 갑작스러운 상황이기는 했지만, 자신들과 경쟁 관계에 있었기 때문에 오히려 다행이라며 손뼉까지 쳐댔지 않은가?

"기억나지? 팔 년 전 그때, 나는 신대상단이라는 곳에 팔려갔어."

"……."

그제야 천가명의 머릿속으로 오래전 기억이 스쳐 지나갔다.

"그, 그럼."

"크크크, 기억났구나? 이놈……."

설향의 눈이 화란과 마찬가지로 회벽색으로 변하기 시작했다. 그녀의 눈이 변할수록 한기는 더욱 짙어졌고, 손을 올려둔 어깨를 지나 천가명의 온몸이 차갑게 굳어가기 시작했다.

"여, 여협, 제발 자비를……."

입이 얼어버렸는지 천가명의 말은 더 이상 이어지지 못했다.

"네놈의 그 더러운 눈을 한시도 잊은 적이 없었다."

푸욱!

설향은 웃는 얼굴로 천가명의 눈을 뽑아버렸다.

눈이 완전히 짓이겨졌음에도 공포로 가득 찬 천가명은 비명조차 지르지 못했다.

"당장에라도 네놈의 명줄을 따버리고 싶지만, 살 수 있는 기회를 주마."

겁에 질려 두 눈에 전해지는 고통마저 잊고 있는 천가명에게 가뭄의 단비와도 같은 말이 들렸다.

"한 가지 답변만 해준다면 살려줄 수도 있지."

"무, 무슨?"

"팔 년 전 그때, 그 노예들 중에 조청린이라는 아이를 기억하느냐? 분명 역적의 자손이라고 했다."

"기, 기억합니다. 암요! 조청린, 기억하고말고요."

기억나지 않아도 일단은 기억난다 해야 했다. 목숨이 달린 일이지 않은가.

"어디로 팔렸나?"

"예?"

"어디로 팔렸는가를 묻고 있다."

그런 사실을 자신이 어찌 안단 말인가. 그놈은 사실 얼굴도 모르는 놈이다. 천가명이 우물쭈물거리자 설향의 눈이 차갑게 가라앉았다.

"자, 잠시만 기다리십시오. 기억하겠습니다. 아니, 기억해 내겠습니다."

두 눈이 뽑혀 보이질 않으니 더욱 두려움을 느낀 천가명이 어떻게든 시간을 끌어보려 했다. 일단은 살아야 했다. 하 총관이 관청으로 달려갔으니 그때까지만 시간을 때우면 되는 일이었다.

"기억나지 않는 게로구나. 그렇다면 네놈은 살아갈 가치가 없다!"

쩌저적!

빙긋이 웃으며 그녀가 손을 뗀 자리에는 공포에 질린 표정의 두 눈을 잃어버린 얼음 동상이 세워졌다.

설향은 입꼬리를 올려 빙긋 웃고는 백색의 면사를 얼굴에 둘렀다. 그리곤 차갑게 장원 안을 쳐다보면서 말했다.

"모조리… 지워 버려."

"존명!"

호북성 단강구에 자리했던 천가상단은 그 말을 끝으로 더이상 존재하지 않게 되었다. 천가상단의 하 총관이 포교들을 데리고 돌아왔을 때는 이미 그녀들은 사라져 버린 뒤였고, 폐허가 된 장원은 북해의 대지처럼 차갑게 얼어붙어 있었다.

3

객방에서 하루를 보낸 무명과 모용찬은 모처럼만에 대도시의 시가지를 구경하기 위해 밖으로 나왔다. 한동안 산이며 들을 떠돌아다닌 터라 마을의 모습이 신기하기도 했다.

"사람들이 많군요."

무명이 이곳저곳을 흥미롭게 둘러보면서 물었다.

"그렇지요. 이곳 단강구는 제법 유명한 곳이니까요."

"그렇습니까?"

"그럼요. 나루가 있어서이기도 하지만, 인근에 있는 무당산은 우리 무림인들뿐 아니라 세속인들에게도 제법 관심이 있는 곳입니다. 무당파는 원래부터 세속과 함께해 온 도가이다 보니 속인들을 내치는 법도 없고요."

"그렇군요."

"더구나 이번 정무협의 개회로 인해서 많은 무인들이 단강구를 통해 들어오니 이곳이 발전할 수밖에 없죠."

모용찬의 말을 들으며 무명은 문득 어제 만났던 여인들을 떠올렸다.

'하긴, 그들도 무인들이겠지?'

가만히 고개를 끄덕인 무명이 모용찬에게 물었다.

"모용 공자, 혹 무림에 한기를 사용하는 문파가 있습니까?"

"한기요?"

"예. 시리도록 차가운 기운 말입니다."

"흠, 글쎄요. 한기라기보다는 음공(陰功)을 사용하는 자들이 많지요."

"음공입니까?"

"예. 차갑고 음습한 기운을 통틀어서 음공이라고 표현하는데, 백도의 무인들은 거의 익히지 않습니다. 왠지 사이한 느낌이 드니까요. 뭐, 중원에서 음공이라고 하면 대표적인 게 신비의 문파인 북해빙궁을 들 수 있겠네요."

"북해빙궁이오?"

"전에 십존에 대해 말씀드렸죠?"

"아, 그… 사 어르신을 호칭하던?"

"예. 도존 사한성 대협을 제외하고도 당시에는 무려 아홉 명이나 되는 강자가 더 있었지요. 그중 제일 강했다 칭해지는 분이 바로 북해빙궁의 궁주이신 빙마존 설천호님이셨습니다. 저도 듣기만 했지만, 그분의 설빙장을 제대로 막을 수 있는 것은 천지무황님이 유일했다고 하더군요. 더욱이 그분의 걸음걸음마다 얼음길이 깔린다는 전설적인 이야기도 있고……."

"흠, 그렇군요."

"그러고 보니 무명님처럼 요즘 무림을 떠들썩하게 울리는 분이 빙룡이라는 여협이 있는데, 어쩌면 그녀도 북해빙궁의 여인이 아닐까요?"

"글쎄요."

모용찬의 말에 무명이 빙긋이 웃었다.

"뭐, 추측이긴 하지만……."

대충 말을 매듭지은 모용찬의 눈에 그럴싸하게 지어진 객점이 보였다.

"일단 식사라도 하시죠."

"아, 그러고 보니 벌써 점심때군요."

"가시죠. 일단 먹으면서 더 말씀드릴게요."

"예, 그러죠."

객점 안에는 아침부터 모여든 수많은 이들로 붐비고 있었다. 상인이며, 무인들이 자리를 가득 채워 왁자지껄한 분위기가 만들어져 있었다. 무명은 객점 안에서 넘쳐 나는 활력에 빙그레 미소를 지었다.

"천가상단이 몰살당했다고?"

"그렇다네. 그 때문에 지금 무당파의 무인들이 내려왔다고 하더군."

"무당파에서?"

"그래."

객점 안은 여러 가지 목소리와 소음이 뒤섞여 있었지만, 그들이 말하는 주제는 오직 하나였다. 호북성 단강구 일대에서 가장 큰 상단인 천가상단의 몰살. 단 하룻밤 만에 천가상단이 폐허로 변해 버렸다고 한다.

"그보다 마치 얼음이 얼어버린 듯했다지?"

"그러네."

"혹시 빙룡이 아닐까?"

"모르지."

"빙룡일 게야. 그만한 빙공을 사용할 수 있는 자가 당금 무림에 빙룡을 제외하고 누가 있단 말인가."

"아서게. 북해에 있는 빙룡이 무슨 수로 호북성까지 내려온단 말인가?"

"무슨 소리. 얼마 전에 산동상회에 이어서 정주(鄭州)의 신대상단이 떼 몰살을 당했다는 이야기를 못 들었는가?"

"그래?"

"암, 그들 또한 천가상단의 모습과 다르지 않았다 들었네."

사람들의 대화를 엿들으며 식사를 마친 무명과 모용찬은 밖으로 나왔다.

천가상단의 몰살에 관련된 사건은 무명에게는 그다지 큰 의미를 주진 못한 것인지 표정에 변화가 없었다. 막 모용찬과 무명이 객점을 나서려는데 난데없는 통곡성이 대로변을 울렸다.

"아이구, 옥아. 내 딸 불쌍해서 우짜누."

"으허헉!"

나이 든 늙은 노부부는 땅을 치며 눈물을 흘렸고 지나는 사람마다 측은한 표정으로 그들을 쳐다보았다.

"무슨 일일까요?"

"그러게요. 옥이라는 딸 때문인 듯한데……."

무명과 모용찬이 서로를 바라보면서 고개를 갸웃거리자 곁에 있던 중년 상인이 혀를 차면서 말했다

"저게 다 인신매매범 때문이라오."

"인신매매범이요?"

"예."

"그럼 저분의 따님이 납치를 당했단 말인가요?"

무명이 묻자 중년 상인이 대답했다.

"예. 요즘 단강구 인근에 여인 납치가 성행이라……."

"흠, 자세히 말씀해 주시겠습니까?"

"자세할 것까지야. 근래에 들어서 벌써 여덟 명이나 납치되었다오. 그것도 모두 시집 안 간, 제법 얼굴이 반반하다 소문난 아이들이지요. 관에서 나서주기는 하지만 우리처럼 돈 없고 힘없는 자들의 말을 들어주는 이가 몇이나 되겠습니까? 대충 조사나 하고 실종 처리를 해버리니……."

"인근에 무당파가 있질 않습니까?"

모용찬이 의아한 표정으로 물었다.

"무당파요? 있지요. 있고말고요."

"자파의 영역권 안에서 일어난 일인데 무당파가 나서질 않았나요?"

"나선다구요? 이보오, 총각. 모르는 소리 마오. 그 호랑말코 같은 놈들이 우리 서민들의 일에 나서줄 것 같소? 물론 예전만 해도 그러긴 했지. 하지만 이제는 그놈들도 저 멍청한 관리 놈들하고 똑같다오. 오히려 지금 그들이 비호하는 천가상단의 몰살에 더 관심이 많을 것이오. 납치 사건이 일어날 때는 조용하더니 천가상단이 몰살당하자 관이며 무림인이며 할 것 없이 발 벗고 나섭디다."

그게 무슨 소린가?

정파의 든든한 기둥이며 민생으로부터 열렬한 지지를 받고 있는 무당파가 이런 취급을 받다니.

중년 상인은 오히려 무당파에 대한 분개마저 드러내고 있질 않은가. 모용찬의 표정이 어두워졌다. 자신이 존경해 마지 않았던 무당파에 대한 생각이 무너져 내렸기 때문이다.

"저런, 관에서조차 나 몰라라 한다니."

"그러게나 말입니다."

무명이 중년 상인의 말을 가만히 듣고 있다가 관심을 드러냈다.

"모용 공자, 어떻습니까? 어차피 무당산도 구경할 겸 범인들을 잡아보는 것은요?"

"예? 우리가요?"

"네, 우리가요. 어차피 관이나 무림에서 나서지 않으니 누군가는 나서야 하지 않겠습니까? 또한 저들의 말이 사실이라면, 의기를 잊은 무당파는 더 이상 가볼 이유가 없을 듯하군요."

무명이 또다시 빙긋이 웃자 모용찬이 한숨을 내쉬었다.

"하아, 어쩔 수 없겠네요. 무명님이 하신다면 저도 동참해야죠."

"납치된 여인들에 대해 좀 더 알아봐야겠네요."

당시 호북성에는 여인들이 납치를 당하는 사건이 빈번하게 일어나고 있었다.

단강구를 중심으로 십언(十堰), 방현(房縣), 로하구(老河口)에 이르기까지 모두 다섯 현에서 여덟 명의 여인이 실종되었다.

관에서는 이를 조사하기 위해 포교들을 파견하였으나 평민에 한족에 불과한 그녀들을 애써 찾으려는 이는 하나도 없었고, 일부의 관리들은 인신매매범들로부터 막대한 양의 뇌물을 받았기 때문에 '눈 가리고 아웅' 하는 식의 수사가 이루어질 수밖에 없었다.

또한 무림인들조차 천가상단의 사건에만 신경 쓸 뿐, 어느 누구도 납치 사건에 관심을 가져 주지는 않는 듯했다. 의(義)와 협(俠)을 추구하던 정파무림은 눈앞의 이(利)에만 치중하고 있는 상황이었다.

"여인들이 실종된 것은 운현까지 모두 다섯 곳이군요."

"예. 모두가 단강구를 중심으로 오십 리 안에 위치한 마을에서 일어났습니다."

"오십 리라……."

모용찬과 무명은 소문을 종합해 납치가 이루어졌던 곳에 대한 정보를 모았다. 그래도 제법 많은 정보를 모은 덕택인지 대략적인 위치 정도는 잡을 수가 있었다.

"그런데 어째서 단강구 인근에서만 일어난 것일까요? 이 정도는 누구라도 쉽게 눈치챌 수 있을 텐데?"

"음……."

무명이 턱 언저리를 매만지며 눈을 가늘게 떴다. 한참이나 모용찬이 그린 그림을 쳐다보고 있던 무명은 문득 무언가를 눈치챈 듯한 얼굴로 일어났다.

"자, 가죠."

"예? 어디로?"

"보강(保康)입니다."

"보강이요?"

"예. 아마도 이번엔 그곳에서 납치가 일어날 듯하군요."

보강은 단강구에서 남쪽으로 육십여 리 떨어진 곳에 위치한 작은 현이었다. 그런데 무명은 무엇으로 보강에서 다음 납치가 일어날 것이라 예측하는 것일까? 모용찬이 이해가 되질 않았는지 고개를 갸웃거렸다.

"무명님, 어째서 보강입니까? 단강구의 오십 리 반경 안쪽이라면 등주(鄧州), 신야(新野), 서협(西峽)이 더 가까울 텐데요?"

맞는 말이다. 단강구에서 보강까지보다는 모용찬이 거론한 세 곳이 더욱 가까웠다. 모용찬이 의문을 가지자 무명이 간단하게 설명을 해주었다.

"자, 보세요. 사건이 일어난 순서는 방현(房縣), 십언(十堰), 운현, 단강구입니다. 마치 그들이 이동하는 경로를 만드는 듯하지요. 분명 조만간 로하구(老河口)에서 납치가 일어날 겁니다. 어쩌면 이미 늦었을 수도 있겠고요. 로하구에서 납치가 일어난다면 그들은 분명 보강을 거쳐 빠져나가려 하겠지요."

"흐흠……."

무명의 말에 일리가 있다 생각한 모용찬이 고개를 끄덕였다.

"그런데, 무명님 말씀대로라면 너무 빤하게 보이지 않습니까?"

"물론입니다."

"예?"

"하지만 그들은 그렇게 생각하지 않을 겁니다."

"그게 무슨?"

"무려 다섯 곳에서나 사건을 일으키고도 아무런 제제를 받지 않았다면 필시 관과 밀약이 되어 있을 가능성이 높지요. 즉, 그들의 뒤를 봐주는 자가 있다는 말입니다. 다섯 현을 아우를 정도라면 필시 높은 권력자일 가능성이 많겠지요?"

"아!"

"오면서 보니 성문 출입을 하는 데도 특별한 제제가 없더군요. 그렇다는 것은 관이 잡을 생각이 전혀 없다는 뜻이겠죠."

"음……."

"어쨌든 관과 유착이 되어 있음이 분명하다면 그들은 빤히 보이는데도 분명 보강에서 사건을 일으킬 것입니다."

"그, 그런가요?"

모용찬은 무명을 볼 때마다 놀랐다.

과거에 어떤 인물이었는지는 모르겠지만, 몇 가지 정황만으로 손쉽게 사건을 예측해 낸 것이다.

"자, 그럼 일단 보강으로 가보도록 하죠."

*　　　*　　　*

"크크크, 저 아이가 이번 일의 마지막이 되겠군."

"예. 아무래도 그럴듯합니다. 굴량은 충분하니까요."

어둠과 함께 자욱한 안개가 깔린 시각 보강현의 외곽 촌락을 바라보는 텁석부리장한들은 호롱불이 켜진 초옥을 음흉하게 바라보고 있었다.

"그나저나 욕심도 많은 놈들입니다. 바라는 것이 자꾸 늘고 있어요."

"됐다. 우린 그저 돈만 받으면 돼. 방주님 말씀 못 들었느냐? 이번에 련에 보내야 할 상납금 때문에 재정이 딸린다고, 이번 일만 잘되면 우리에게도 두둑이 챙겨준다고 했질 않느냐."

"그야 그렇지만, 련에서 금하그 있는데 괜찮을까요? 혹여 들키기라도 하면……."

"시끄럽다. 모른다고 딱 잡아떼면 될 일이 아닌가. 설마 관에 그리 많은 뇌물을 뿌렸는데 위에서 뭐라고 할 리 없다."

"하지만 중요한 시기이니 자중하라 했지 않습니까?"

"괜찮아. 무슨 걱정을 하는 게야. 어차피 저런 놈들이야 아무도 신경 써주지 않는데. 더구나 듣자 하니 천가상단에 빙룡이란 계집이 나타나서 모두가 그쪽에 눈이 쏠려 있으니 딱 좋은 시기다. 하늘이 우리를 도우심이지."

"카카카, 대형, 하늘이 미쳤습니까? 우리 같은 놈 좋으라고 돕게?"

"하긴. 크크크."

장한들은 뭐가 그리 좋은지 시시덕거리면서 웃어댔다.

"자, 잡담은 그만하고… 서둘러 처리하자. 이 건만 마무리하고 내일은 거하게 술이나 마셔야지."

"알겠습니다."

초옥의 호롱불이 꺼지자 장한들이 어둠을 헤치며 조용하게 움직였다.

"……."

"……."

장한들에게서 조금 떨어진 나무 위.

두 명의 인물이 숨을 죽인 채 그들의 행동을 지켜보고 있었다.

"무명님, 지금 치지 않으십니까?"

"아닙니다. 조금 기다려 보죠."

"……."

"지금 저들을 잡는다면 꼬리만 손에 넣을 뿐입니다. 분명 납치된 다른 여인들이 갇혀 있는 곳에 저들의 본진이 있을 테지요. 일단은 기다려서 저들의 뒤를 좇는 것이 좋겠습니다."

"그렇겠군요. 알겠습니다."

그들의 뒤를 좇아오며 이미 충분한 대화를 들은 터였다. 모용찬은 그들이 흑사방의 일원임을 알게 된 순간부터 표정이 험악하게 변했고, 당장에라도 뛰쳐나갈 듯이 보였다. 무명이 막지 않았다면 벌써 한참 전에 사단이 났을 터였다.

무명과 모용찬은 은밀하게 지켜보며 그들이 초옥 안에서 흰 보자기에 싸인 무언가를 어깨에 걸쳐 메고 어둠 속으로 사라질 때를 기다렸다.

흑사방의 텁석부리장한들을 따라 이동한 곳은 융중산(隆中山)의 한 기슭이었다.

혹여 따르는 이가 있을 것을 경계하듯이 한참 동안이나 세심히 주위를 살핀 그들은 절벽 면에서 넝쿨을 걷어냈다. 넝쿨이 걷히고 작은 불빛이 새어 나오는 동혈이 드러나자 금세 안쪽으로 사라졌다.

"저기군요. 아마도 저곳이 저들의 근거지인 모양입니다."

"이런, 개만도 못한 놈들. 가시죠! 서둘러 놈들을……!"

모용찬이 급하게 움직이려는데 무명이 그의 소매를 잡아챘다. 눈썹을 살짝 찡그리며 고개를 돌리자 무명이 다른 곳을 응시하고 있는 모습이 눈에 들어왔다.

"일단… 잠시 기다리죠. 우리 말고도 다른 이가 있는 것 같군요."

"……?"

무명의 말에 그가 바라보는 방향을 주의 깊게 살펴보지만 있기는 뭐가 있단 말인가.

숲이 우거져 달빛조차 들어오지 않는 터라 어둠 속을 분간해 내는 것은 쉽지 않았고, 기감을 열어보았지만 느껴지는 것은 아무것도 없었다.

사박.

모용찬이 무언가를 말하려는데 바로 그 순간 우측으로 사오 장쯤 떨어진 숲에서 한 떼의 인영들이 걸어나왔다.

'응? 저들은?'

면사로 얼굴을 가린 열두 명의 여인.

무명의 눈에 이채가 어렸다. 분명 단강구에 도착하여 보았던 여인들이 분명했다. 시리도록 차가운 기운을 가진 그들이 어째서 이곳에 나타난 것일까.

"누굴까요?"

갑작스런 여인들의 등장에 모용찬이 물었다.

"글쎄요. 저들도 어쩌면 그들을 뒤따르고 있었던 것인지도 모르겠네요."

무명이 지레짐작하며 빙긋이 웃었다.

"흠……."

무명과 모용찬이 최대한 소리를 죽여 속삭이는 동안 면사의 여인들, 설향과 빙천들은 동혈 근처로 접근했다.

"이 새끼들… 감히 납치를 해?"

백색 면사의 여인, 설향이 거친 욕설을 내뱉었다.

그녀는 오래전 기억으로 인해 납치에 관련된 일이라면 자다가도 벌떡 일어나곤 했다.

"다 뒈졌어. 화란!"

"예, 소궁주."

"다 잡아 꿇려!"

"존명!"

그녀의 분개한 목소리에 빙천 둘이 동혈 안으로 사라졌다.

"둘?"

그 모습에 모용찬이 의아한 표정을 지었다.

"자신감이겠죠."

"자신감이라고요? 저 안에 누가 있을지, 몇 명이 있을지 모를 일이 아닙니까?"

"그렇겠죠."

"무슨 생각일까요, 저들은? 도와줘야 하지 않을까요?"

모용찬이 숨을 죽인 채 소곤거렸지만, 곡소리는 긴장감으로 가득 차 있었다.

"괜찮습니다. 저들은 충분히 그간한 저력이 있어 보이니까요."

"……."

항상 느끼는 것이지만 무명의 말은 도무지 이해할 수가 없었다. 저렇듯 사람 좋은 웃음을 짓다니. 지금 이 순간에 아무 긴장도 되지 않는단 말인가. 하긴 생각해 보니 세가에서 벌어진 흑사방과의 일전에서도, 사흑련주 방시혁과 귀왕 주량을 만났을 때도 그의 얼굴에서는 일말의 긴장감을 찾아볼 수가 없었다.

"후우……."

의아스럽기만 한 기분에 모용찬은 한숨만 내쉴 뿐이었다.

잠시간의 시간이 흐르고, 동혈 안으로 들어갔던 화란이 밖으로 나왔다.

"끝났습니다."

"그래? 좋아, 데리고 나와. 어디 낯짝이나 좀 보게."

"지금 청련이 데려오고 있습니다."

화란의 말처럼 그녀의 뒤를 이어 스무 명이나 되는 장한이 곤죽이 된 채로 밖으로 기어나와 무릎이 꿇려졌다. 다시 그 뒤를 이어 여덟 명이나 되는 여인이 청련의 인도를 받아 밖으로 나왔다. 이전에 납치된 듯한 여인들로 오랜 구금에 지쳐 초췌한 모습이었다. 그중 몇몇은 장한들의 노리개가 됐던 듯이 의복이 찢어져 하얀 맨살을 드러내고 있었다. 그 모습을 본 설향의 눈에 불길이 일었다.

"이런 지저분한 새끼들! 납치한 것도 모자라서! 본녀에게 걸린 것을 평생 후회하게 해주마."

퍼억!

설향은 맨 앞에 무릎을 꿇은 사내의 낭심을 걷어차 버렸다.

"끅!"

"똑바로 서! 아직 멀었어!"

퍼억! 뿌각! 퍼퍽!

응징(!)이라기보다는 그냥 밟는다고 해야 옳을 만큼 설향은 무지막지하게 사내들을 짓밟았다.

"사, 살려주십시오!"

신음성과 비명성이 점차 애원으로 변해갔다. 스무 명이나 되는 장한들은 아이처럼 눈물과 콧물을 흘리면서 설향의 다리를 부여잡았다.

"……."

잠시 움직임을 멈춘 설향이 그들을 지그시 쳐다보았다.

면사 위로 드러난 그녀의 눈이 실처럼 가늘어지더니 이내 요사스러운 미소를 만들어냈다.

"살려달라고?"

"……!"

"어째서 너희를 살려줘야 하지?"

스스스.

설향의 눈매가 싸늘하게 변하기 시작했다. 그녀의 온몸에서 무시무시한 기세가 피어오르며 차디찬 한기가 흘러나왔다. 그녀의 발이 닿은 대지에 허연 서리가 내려앉고 입에서는 김서리가 새어 나왔다.

"처음부터 너희와 같은 쓰레기들을 살려줄 생각 따위는 없었다."

휘리리리!

"히이익!"

"도, 도망쳐!"

회백색으로 물든 눈으로 엄청난 한기의 폭풍을 뿜어내는 그녀의 모습에 사내들은 공포에 질려 미친 듯이 도망치기 시작했다. 하나 이미 사방은 그녀의 영역권 안에 있었다. 펼쳐진 그녀의 양손이 춤추듯이 허공을 쓸어가고 그녀의 손을 따라 한기의 폭풍이 회오리를 만들어냈다.

"현음신공! 천설아(天雪牙)!"

휘이잉! 쩌적! 쩌저적!

휘몰아치는 냉기의 폭풍에 닿은 모든 것들이 얼음으로 화했다.

북해빙궁의 최강의 절예.

당대 현음신공의 전수자인 설향의 빙공은 세상의 모든 것들을 얼려 버릴 만큼 강렬했다.

설향이 내딛은 대지가 얼음으로 화하고, 냉기가 닿은 모든 곳이 얼음 조각으로 변했다.

"으아악!"

전율이 일 정도로 공포스러운 모습에 텁석부리장한 하나
가 도망치다 냉기의 그물에 손이 닿았다.

"아, 안 돼! 살려줘!"

쩌저적!

손끝에서 시작된 얼음이 순식간에 전신을 덮어버리면서
사내를 얼음 조각으로 만들어 버렸다. 도망치려던 장한들의
모습이 공포에 질린 표정 그대로 심장마저 이내 차갑게 굳어
갔다.

후아아.

세상을 얼려 버릴 듯한 한기가 가라앉고 설향의 눈이 원래
대로 돌아왔다. 바람이 멈추고 냉기의 폭풍은 사라져 버렸다.

"후후, 짜식들."

설향은 자신이 만들어놓은 만족스러운 광경에 흐뭇한 미
소를 지었다.

"괴, 굉장하다!"

모용찬은 더 이상 어떻게 놀라야 할지도 모를 정도로 탄성
을 터뜨렸다. 눈앞에는 마치 또 다른 세상이 펼쳐진 것만 같
았다.

"꿀꺽."

저절로 침이 넘어갔다.

"어, 엄청난데요? 누굴까요, 저 여인은?"

"……."

모용찬이 설향에게서 시선을 떼지 못한 채로 쳐다보는 동안 무명의 얼굴은 딱딱하게 굳어갔다.

'잔인한 여인이군……'

그는 여인의 처사가 마음에 들지 않았다. 물론 납치를 한 것은 잘못된 것이지만 잘못을 저질렀다고 하여, 자신에게 힘이 있다고 하여 그들 모두를 죽인다는 것은 틀린 것이라 생각했다.

'아직… 살아 있을지도 몰라.'

여인이 보여준 무위, 그리고 그녀가 만들어낸 얼음의 대지보다 무명은 빙상이 되어버린 텁석부리장한들이 걱정되었다. 비록 잘못을 저질렀다고는 해도 일단은 그들을 살려야겠다는 생각이 들었다.

"나가봐야겠습니다."

"예?"

모용찬이 말릴 새도 없이 무명이 몸을 세우고 수풀 밖으로 걸어나갔다.

"무명님!"

"웬 놈이냐!"

부스럭거리는 소리에 화란이 날카로운 눈으로 쏘아보면서 경계했다.

숲을 헤치며 걸어나온 사내는 무척이나 담담한 표정으로 자신들을 향해 걸어오고 있었다.

"소생은 무명이라고 합니다."

"……."

무명이 포권을 하며 인사를 했으나 그를 경계하기만 할 뿐, 아무도 답해주는 이는 없었다.

"무, 무명님……."

모용찬이 여인들의 눈치를 살피면서 무명의 뒤를 조심스럽게 따라 나왔다. 달빛이 얼음에 반사되어 모두의 모습이 세세하게 알아볼 수 있을 정도였다.

"……."

무명이 나타나는 순간, 설향의 눈에 이채가 어렸다.

평소라면 당장에라도 막말을 해대야 할 설향이 아무 말 없이 기다리자 빙천들은 경계만 할뿐, 무명을 제지하지 않았다.

"먼저, 귀하들께서 여인들을 구출하신 것에 감사를 표합니다."

"……."

무명이 공손하게 인사를 하자 설향이 가볍게 고개를 끄덕여 주었다. 그녀로서는 최대한의 예의를 차린 것이었다.

"하나 잘못을 저질렀다 하여 저들을 함부로 벌해서는 안 됩니다."

무명이 얼어붙어 버린 장한들의 편을 들자 화란이 쌍심지를 돋우며 소리를 질렀다.

"뭐얏!"

무명의 말에 빙천들의 눈에 은은한 노기가 어렸다. 벌써부터 싸늘한 한기가 무명의 피부로 전해져 오고 있었다.

"저들이 잘못을 저질렀기는 하나 잘못을 깨우칠 기회를 주어야 합니다. 어찌 한 번의 잘못으로 저들의 목숨을 쉬이 빼앗겠습니까?"

살을 엘 정도로 강력한 기세에도 무명은 담담하게 자신의 할 말을 이어갔다.

"부디 자비를 베푸셔서 저들을 살려주심이 어떠하겠습니까? 인명은 재천이라 하였지요. 무릇 사람의 목숨은 하늘에 달린 것입니다. 힘이 있다 하여, 더 강하다 하여 누군가의 목숨을 빼앗을 권리는 누구에게도 없는 것이지요."

"닥쳐라!"

화란이 앙칼진 목소리로 외쳤다.

설향의 허락이 없었음에도 화란은 당장에라도 공격할 태세를 취하고 있었다.

"물러나라, 화란."

"……."

누구보다 더 화를 낼 줄 알았던 설향이 화란의 어깨를 잡아
제지하며 앞으로 나섰다. 평소의 지랄 맞은 그녀의 성격을 잘
알고 있던 빙천들이 의외라는 듯이 서로의 얼굴을 바라보면
서 고개를 갸웃거렸다.

"무명이라 했나?"

"그렇습니다."

"인명은 재천. 맞는 말이지. 하나 모두가 저들의 잘못에서
비롯된 일. 이 자리에서 죽는 것도 저들의 운명이겠지. 아닌
가?"

"소저, 그럴지도 모르겠지만, 일단은 자비를 베풀어주심이
어떠하겠습니까?"

"자비라… 어째서?"

설향이 눈을 가늘게 뜨고 무명을 노려본다.

"어째서라… 글쎄요. 왠지 그래야 할 것 같은 기분입니다.
아마도 저들을 저렇게 죽인다면 소저의 마음도 편하지만은
않으실 겁니다."

"틀렸어. 저들에 대해서는 일말의 동정도 가지고 있지 않
다. 저들이 여인들을 납치한 순간부터 인간이라고 생각해 본
적은 없어."

"음, 소저는 생각을 바꾸실 의향이 없으신가 보군요."

"그래. 만약 저들을 도울 생각이라면……."

말끝을 흐렸지만 차갑게 일어나는 살기가 그녀의 뒷말을

대변해 주고 있었다.

"휴우, 어쩔 수 없겠군요."

"막아설 생각인가?"

"네."

무명이 한 발, 한 발 그녀의 앞으로 다가섰다.

"네놈!"

그의 당당한 자세에 빙천들이 살기를 띠었고, 무명의 뒤에 있던 모용찬은 허리에 두른 연검을 풀며 언제라도 응수할 준비를 했다.

"……."

설향이 무명을 지그시 노려보다 피식 웃으며 기세를 풀어버렸다.

"후, 그만두지. 보아하니 서생인 듯한데 말이야. 만일 네 뒤에 있는 저놈을 믿고 나서는 것이라면 그만두는 것이 좋아. 애초부터 상대가 되지 않으니까."

설향이 모용찬을 흘깃 쳐다보면 비웃었다.

"뭐라고!"

모용찬이 발끈하며 검을 잡았지만 차마 나서지는 못했다. 아무리 최근 들어 검공에 큰 발전을 이루고 있다지만 조금 전 설향이 보여준 기예는 자신이 뛰어넘을 수 없는 강함이었기 때문이다.

"그보다 하나 묻지. 혹시 조청린이라고 들어본 적이 있나?"

"예?

설향의 말에 무명이 깜짝 놀랐다. 어째서 자신의 본명을 그녀가 알고 있는 것일까?

"너라면 왠지 알 것 같은데 말이야."

무명이 설향의 얼굴을 지그시 바라보았다.

"어찌 제 옛 이름을 알고 계시는지요?"

"옛 이름? 아, 이름을 바꾼 것인가? 역시 내 예상이 맞은 모양이네."

설향이 고개를 끄덕였다.

"다행히 살아 있었던 모양이군."

"예?"

"뭐야? 기억하지 못하는 거야?"

"죄송합니다."

"이런이런, 기억도 못하는 놈을 구하려 한 건가? 쳇, 됐어."

설향이 허탈하게 웃었다.

"어쨌든 살아 있었다니 됐지. 다행히 노예 신분에서도 벗어난 것 같고……."

"……."

당췌 알 수 없는 여인이 아닌가? 자신의 이름뿐 아니라 노예였다는 사실마저 알고 있는 그녀에게 무명은 궁금증이 생겼다.

"아, 과거의 인연 때문에 한 가지 일러두지. 앞으론 무턱대고 나서지 마. 무림은 곧 힘이 정의야. 아무리 입으로 떠들며 성인군자인 척해도 무림에선 힘 센 놈이 옳은 거야. 너처럼 아무 일에나 함부로 나섰다간 비명횡사하기 십상이란 말이야. 알겠어?"

"이봐요! 지금 그가 누군……."

설향이 주의를 주듯이 말하자 모용찬이 무언가 말하려다 무명의 제지로 입을 다물었다.

"명심하지요. 새겨듣겠습니다."

설향은 슬쩍 모용찬을 쳐다보았다가 고개를 돌렸다.

"화란, 그만 이동한다."

"예, 소궁주. 한데 이들은?"

빙천 화란이 흑사방의 인물들과 납치됐던 여인들을 가리키며 물었다.

"내버려 둬, 알아서 처리하겠지."

"존명!"

설향과 빙천이 순식간에 몸을 날려 어둠 속으로 사라지자 물끄러미 그 뒤를 돌아보던 무명이 그제야 기억난 듯이 모용찬에게 물었다.

"극빙의 무공을 사용하는 자들이 북해에 있다고 했나요?"

"예? 예. 한데 아는 여인입니까?"

"후후, 아마도 그런가 보네요."

무명이 빙긋이 웃자 모용찬이 고개를 갸웃거렸다.

'그녀는 결국 돌아간 모양이군.'

문득 팔 년 전 기억이 떠올랐다. 야랑이라는 사람이 이끄는 낙양 노예 상단에서 만났던 여인, 당시 삶에 대한 의욕을 잃었던 북해의 여인을 기억했다.

'이름이… 설향. 그래, 설향이라고 했었지?'

노예 상인들의 모진 구타 속에서도 그녀는 마치 앙칼진 고양이와 같았다.

그녀는 항상 입버릇처럼 말했다.

잠시 나들이 나왔다가 독에 당해서 잡혀온 것이지만 곧 풀려날 거라고. 만약 자신이 돌아간다면 자신에게 조금이라도 해가 끼쳤던 놈들은 모조리 죽여 버리겠다고. 노예들도, 상인들도 모두 한낱 철없는 여인의 치기라고 생각했었다.

'그때 분명 함께 있던 노예들을 모두 구해주겠다고 했었지?'

무명의 입가에 미소가 만들어졌다.

"정말 싸가지없는 여자네요. 으만하고, 냉정하고. 한데 저 정도 무공에 수하들을 데리고 다닐 정도라면 아마도 북해빙궁에서도 제법 수위권에 들어가는 무인인 모양인데……."

모용찬이 흑사방 무인들을 끈으로 줄줄이 엮으며 고개를 내저었다.

"글쎄요. 의외로 따뜻할지도 모르죠."

"예?"

"아, 아닙니다. 서둘러 이들을 돌려보내고 정무협이 있다는 무당산으로 가시죠."

第五章

독서생의 노림수

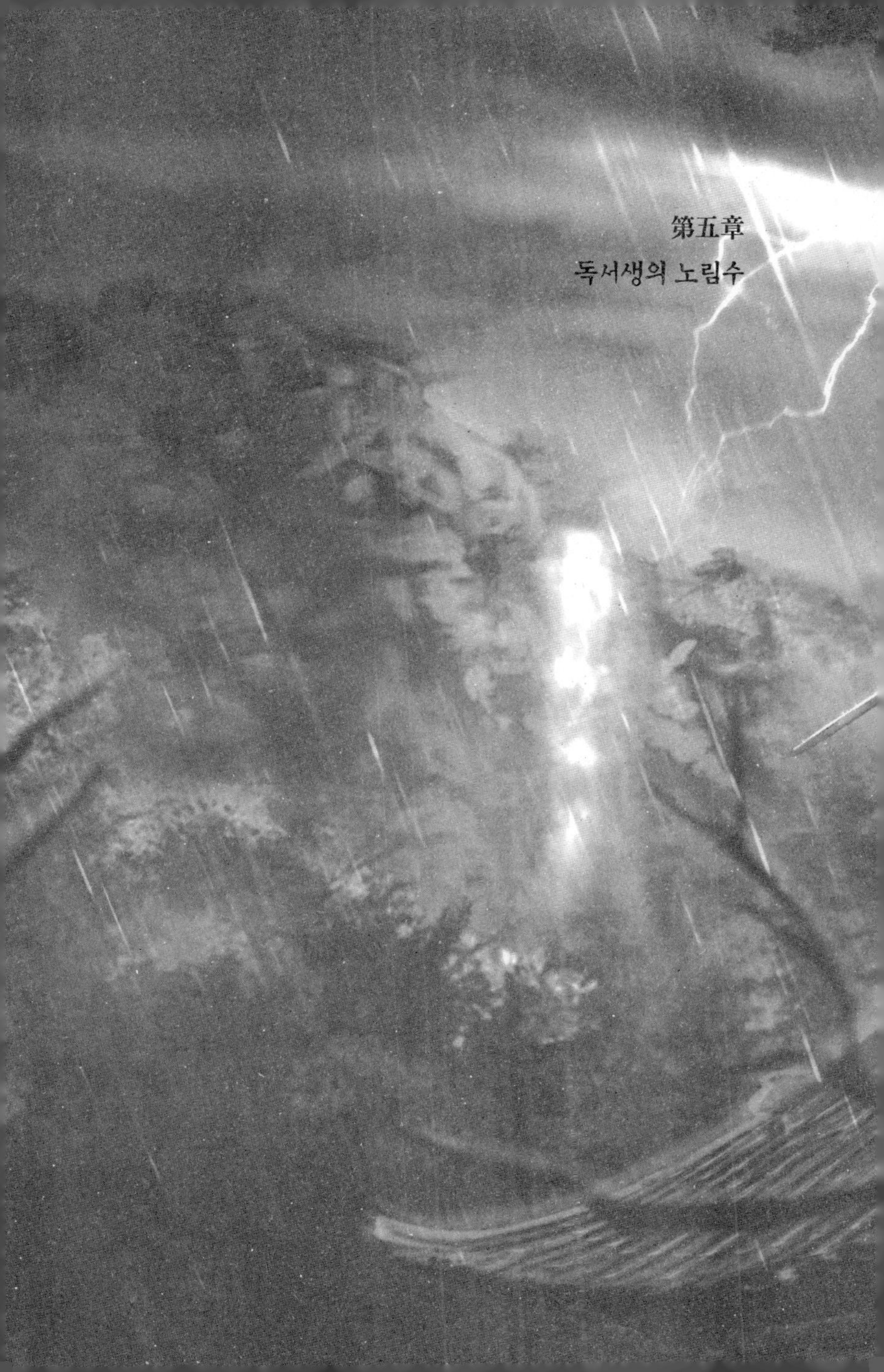

武林君子
무림군자

1

    중원 각지에는 수많은 이름난 호수와 강이 있지만 그중 단연 최고로 꼽히는 곳이 바로 동정호였다. 새벽녘 자욱한 운무가 깔린 동정호의 절경은 말로 표현할 수 없으리 만치 장엄해 수많은 시인묵객과 풍류객들의 찬사를 받아왔다.

    동정호의 운무를 더욱 유명하게 해주는 이유는 운무를 뚫고 자리한 고층의 전각 때문이었다.

    세상에서 가장 아름다운 꽃들이 모여 있어 중원 각지에서 찾는 이가 끊어지지 않는다는 천향루가 바로 그것이었다.

    천향루의 최상층에 위치한 귀인실.

    화려한 봉황이 수놓인 의복을 입은 아름다운 미부가 싸늘한 표정으로 상석에 앉은 한 사내를 쳐다보고 있었다. 그녀는 바로 웬만한 권력자들조차 탐하지 못한다는 천하제일의 꽃, 천향루주였다.

"어쩐 일이냐?"

그녀는 사내가 천향루를 찾은 손님임에도 싸늘한 표정으로 바라보았다. 하나 그런 반응을 예상했다는 듯이 사내는 무덤덤한 표정을 지을 뿐이었다.

"네 이년! 이분이 감히 누군 줄 알고! 몸이나 파는 한낱 기녀 주제에!"

문 앞에 시립해 있던 무인들 중 하나가 충심에 겨운 목소리로 당장에라도 목을 벨 듯 칼을 들었으나 사내의 제지에 물러났다.

"그녀는 충분히 그럴 자격이 있지."

사내는 바로 사흑련의 실세이자 군사인 독서생 곽주한이었다.

"흥, 제법 수하를 얻었구나. 알량한 네놈 머리로 사파의 떨거지를 모았다더니, 우두머리 행세라도 하는 거냐?"

천향루주의 말은 거침이 없었지만 독서생은 묵묵히 듣고만 있었다.

"후, 많이 변했군. 하긴, 칠 년 만이니까⋯⋯."

"그래, 칠 년이 지났지. 그동안 네 녀석이 청조에 붙어 고물을 빨아먹는 동안 참 많은 세월이 흘렀지. 네, 아버지와⋯

마을을 몰살시킨… 청조에 말이야."

천향루주는 관인이 들었다면 당장이라도 추포되어 목이 떨어질 법한 말도 서슴지 않고 내뱉었다. 그 말에 독서생의 얼굴이 살짝 굳어졌다.

"그만하지, 누이. 더 이상 듣고 싶지 않으니까. 혹여 내가 가는 길에 조언이라도 할 생각이면 집어치워. 어차피 들을 생각이면 애당초 이 길을 선택하지도 않았을 테니까."

"너……."

무슨 소리일까? 독서생이 천량루주를 누이라 불렀다. 그리고 대화의 내용만 보자면 둘은 벌써 오래전부터 알던 사이가 아닌가.

"……."

천향루주는 독서생을 노려보며 아랫입술을 지그시 깨물었다.

"당혜 누이, 이만 나가줬으면 좋겠어. 누나의 얼굴을 보고 있으면 내 아버지를 죽음으로 내몰았던 그 여자가 떠오르니까."

"……."

천향루주의 이름은 당혜였다. 또한 그가 말하는 '그 여인'이 일향임도 잘 알고 있었다. 팔 년 전 그날, 일향촌은 팔기군에 짓밟혔고 곽주한의 아비 곽두수는 목숨을 잃었다. 곽주한이 변한 것은 그때부터였다. 그때부터 말이 없어지고 잔인한

성격으로 변해 버린 곽주한은 미친 듯이 무공에 집착을 보였다. 일향에게 매달려 무공을 얻으려 했으나 그녀는 가르쳐 주지 않았다. 결국 곽주한은 증오가 가득한 눈을 하고 일 년 만에 일향촌을 떠났고, 지금의 사흑련의 중심에 서게 된 것이었다.

"누나를 만나러 온 게 아니야. 나가줬으면 좋겠군. 그리고 조금 있으면 누나가 그리도 싫어하는 팔기군의 인물이 올 거야."

"……."

당혜는 아무 말도 하지 못한 채 밖으로 나갔고, 독서생은 굳은 얼굴로 차를 들이켰다.

잠시 후.

"군사, 그분이 도착하셨습니다."

"음……."

전언을 들은 독서생은 자리를 털고 일어나 문 앞에 공손하게 시립했다.

드르륵.

문이 열리고 황금빛으로 빛나는 갑주를 입은 무장들이 들어왔다. 모두 네 명의 무장은 살기 어린 눈으로 주위를 쓸어보고는 아무런 위협을 감지하지 못하자 방 안의 네 귀퉁이에 자리를 잡고 섰다.

저벅저벅.

무거운 발걸음 소리가 귓가로 들려오자 독서생은 묘한 흥분감에 사로잡혔다.

오늘 그가 만나려는 자는 팔기군의 수장이자 당금 황제의 막대한 총애를 받고 있는 황기군장 황인욱이었다. 어쩌면 원수의 한 사람인 그를 만난다 생각하니 가슴이 뛰었다.

저벅, 저벅.

발걸음이 고개를 숙인 채 시립한 독서생의 앞에서 멈췄다.

"……"

독서생의 시선에 용이 휘감아 돌 듯 수능인 황포 자락이 일렁거렸다.

한참을 말없이 서 있던 그가 다시 걸음을 옮겨 방 안의 제일 상석에 앉자 문이 닫혔다.

"앉지."

짧고, 간결한 한마디였으나 과연 청조 최강의 무인이자 권력자라 할 만큼 무거운 위엄이 느껴졌다.

독서생은 천천히 걸음을 옮겨 그의 앞에 부복했다.

"훗, 한족이라 들었는데… 제법 개가 취해야 하는 예의를 아는군."

황인욱의 목소리에는 권력자들이 가진 특유의 오만함과 비웃음이 섞여 있었다.

"고개를 들어라."

"……."

독서생은 그의 말에 슬며시 미소를 지으며 천천히 허리를 세웠다.

그 순간 독서생의 눈에 들어온 것은 무척이나 익숙한 얼굴이었다.

잊으려야 잊을 수 없는 얼굴.

그를 본 순간 눈에 핏발이 서며 살기가 치밀어 올랐다.

황인욱의 옆자리에 앉은 자, 어찌 잊을 수가 있을까. 가증스럽기 짝이 없는 원수 태무룡이었다. 독서생은 순간 자신의 실수를 느끼고 들고 있던 백익선으로 눈 아래를 가렸다. 다행히 상차림에 눈이 가 있던 황인욱은 자신의 표정을 보지 못한 모양이었다.

독서생은 끓어오르는 살기를 억누르기 위해 힘을 주어 주먹을 쥐었다. 손톱이 손바닥을 파고들어 아픔을 느끼게 했으나 눈앞에 찢어 발겨도 시원치 않을 태무룡의 얼굴에 쉽게 진정할 수는 없었다.

'참아야 해. 지금은 때가 아니야.'

마음속으로 스스로에게 되뇌며 가까스로 숨을 내몰아 쉰 독서생은 눈가에 미소를 띠었다.

"어째서 얼굴을 가렸나?"

황인욱이 물었다. 얼굴을 가린다는 것은 다소 불경스러운 행동이 아닌가. 황인욱의 기분 여하에 따라 당장에라도 목이 떨어질 수도 있는 일이었다.

"친왕 폐하, 어찌 저처럼 천한 자의 얼굴을 함부로 드러내 겠습니까? 혹여 친왕 폐하의 눈을 더럽힐까 죄송스럽습니다."

"후후, 천하다고?"

황인욱이 독서생을 지그시 바라보며 입꼬리를 말아 올렸다.

"사흑련은 중원 서남의 무림을 지배하는 강대한 무리라 들었다. 더구나 그들의 모든 것을 좌지우지하는 군사라는 직책의 인물이 스스로를 천하다 칭한다고?"

비웃음이 가득했으나 그다지 기분이 나쁘진 않은 모양이었다.

"과찬이십니다. 작은 무부들의 집단일 뿐이지요."

"좋아, 어찌 됐든… 나에게 줄을 대려 한다고?"

"예. 그동안 저희를 보살펴 주신 타르가 공께 그리 말했습니다."

"흠, 보고는 받았지. 네가 내가 원하는 것을 도와주겠다고 했다더군."

"……."

"내가 원하는 것을 도와주겠다라… 내가 팔기군의 수장임을 알고 하는 소린가? 내 말 한마디면 네놈들이 자리다툼을 하는 무림 따위는 금세 쓸어버릴 수 있다."

황인욱이 독서생을 비웃었다. 짐짓 위협하는 듯한 기세였으나 독서생은 당황하지 않았다. 이미 충분히 예상했던 바였고, 지금 이 순간 밀려서는 안 된다는 것도 잘 알고 있었다.

"알고 있습니다."

"알고 있다?"

"예. 어찌 강호 무부들의 집단이 황제 폐하의 군대에 비하겠습니까? 소인은 그저 친왕 폐하의 위업에 작은 힘이라도 보탬이 될까 하는 생각이지요."

자신의 말에도 동요하는 기색조차 보이지 않는 독서생에게 황인욱이 묘한 호기심을 느꼈다.

"재미있는 놈이군. 좋아, 어디 한번 들어볼까, 네놈이 어떻게 나를 도울 것인가를?"

기다리던 대답이었다.

이제 대화의 승기는 독서생이 잡은 것이다.

"이미 강호 무인들에 대한 모든 정보는 잘 알고 계시리라 생각합니다."

"호오, 어찌 그리 생각하지?"

황인욱의 물음에 독서생이 미소 지으며 품속에서 작은 패를 꺼내 앞에 내놓았다.

"……."

황룡이 음각된 패.

패가 내놓아지는 순간 황인욱의 눈썹이 꿈틀거렸다.

"아시리라 생각합니다, 친왕 폐하가 수족들에게 준 징표이니."

"……."

독서생의 말이 맞았다.

그가 내민 패는 '황룡패'는 자신의 비길 조직이 사용하는 패였다.

"그들의 수장은 야랑이라 불리겠지요? 그리고 친왕 폐하의 명에 의해 아주 오랫동안 무림인들에 대한 정보를 취합해 왔고요."

"으음……."

황인욱이 눈을 가늘게 뜨며 어금니를 깨물었다.

"계속해 보라."

"예. 오 년 전 금무령이 폐지되고 무교령이 내려졌습니다. 제가 보기엔 그 중심에 친왕 폐하가 있는 것 같습니다만……."

"……."

황인욱의 표정이 싸늘하게 변하자 방의 네 모서리를 지키던 무장들이 금세라도 검을 뽑을 태세를 취했다. 하나 황인욱은 손으로 그들을 제지하고는 독서생을 노려보았다.

"제 소견으로는 친왕 폐하가 원하는 것은 은거한 무인들을 세상 밖으로 꺼내놓는 것. 그리고 그들이 다시는 황권에 도전하지 않도록 몰살하는 것이라 생각합니다."

독서생의 말에 그를 호위하고 온 사황대의 무사들이 움찔거리며 긴장하기 시작했다.

"하지만 그 이면에는 분명 무림인들의 힘을 휘하에 두고 싶어하시리라 생각합니다. 친왕 폐하에게 있어서 무림인들은 마치 계륵과도 같은 존재가 아닐는지요?"

한참을 말없이 바라보던 황인욱의 싸늘한 표정이 점차 웃음으로 변해갔다.

"크크크, 크하하하하!"

"……."

"좋아, 좋아. 네놈, 걸물이군. 좋아, 좋아. 매우 마음에 들었다. 크하하하!"

황인욱이 대소를 터뜨리자 독서생을 제외한 모두가 어리둥절한 표정을 지었다.

"그래, 나를 어찌 도와줄 텐가?"

황인욱의 말에 독서생이 빙긋이 미소를 지었다.

"일 년, 일 년 안에 무림을 제 손에 넣지요."

"……!"

무척이나 광오한 자신감이 아닌가, 이제껏 황가조차도 주인을 자처하지 못했던 강호를 일 년 안에 자신의 손에 넣겠다니.

"네 녀석… 과신이냐?"

"확신입니다."

독서생이라는 사내는 이제껏 황인욱이 만나본 그 어떤 자들보다도 뛰어났다. 자신감에 가득한 그의 목소리도 그랬지만, 흔들림없는 태도 또한 마찬가지였다.

'위험한 놈이군. 하지만……'

황인욱의 표정이 차가워졌다.

"좋다. 네 말은 일 년 안에 내게 무림을 가져다준다는 뜻으로 알겠다."

"무림인들의 힘은 막강합니다. 고수는 보검에 갑주를 찬 무장 수십보다 뛰어나지요."

인정하기 싫지만 사실이었다. 무림인들은 독서생의 말처럼 계륵과도 같은 존재가 아닌가. 말살하기에는 그들이 가진 힘이 너무도 아깝다. 하나 그대로 두자면 너무나 위협적인 존재였다. 독서생의 말처럼 자신의 수하에 둔다면 그보다 든든한 우군이 어디에 있겠는가.

"당돌한 놈이군. 그따위 말을 함부로 내뱉다니 말이야. 하지만, 마음에 들었다. 또한 네놈을 봐서는 그 계획 속에 나를 이미 포함했을 터다. 내가 어찌 도와줄까?"

"일단 주위를 물려주십시오."

"……."

그 말에 태무룡과 무장들이 발끈하였으나 황인욱은 쉽게 그 청을 들어주었다.

"나가 있거라."

"하나 친왕 폐하, 놈이 무슨 짓을 할지도……."

"……."

태무룡의 말에 황인욱의 표정이 싸늘하게 변했다.

"아룡, 무공을 모르는 서생이다. 설마하니 황기군의 최강인 내가 암습이라도 당할 것이라 생각하느냐?"

"……."

태무룡은 아차 하는 생각이 들었다.

"죄, 죄송합니다. 제 말뜻은 그것이 아니오라……."

"됐다. 나가 있거라. 이 시간부터 이곳에서 일어나는 대화를 그 어떤 누구라도 들어선 안 될 것이다."

"조, 존명."

태무룡과 무장들은 어쩔 수 없이 문을 닫고 밖으로 나갔다. 물론 독서생을 호위하던 사황대의 무인들도 마찬가지였다.

"자, 네 말대로 주위를 물렸다. 이제 말해보라."

"정무협을 뒤흔들어 주십시오."

"정무협을?"

"예."

"하나 함부로 그들을 쳐냈다가는 반발이 심할 텐데? 내각 쪽에도 정무협과 연관된 대신들이 많아서 말이야."

"후후, 기회는 제가 만들겠습니다. 그 어떤 누구도 함부로 하지 못하도록."

"기회를 만든다? 어떤 기회를 말함이냐?"

황인욱은 느긋한 자세로 입가에 술잔을 가져갔다. 그 모습을 지켜보던 독서생은 잠시 숨을 고르고 입을 열었다.

"척일도의 죽음."

"……."

황인욱의 눈이 부릅떠졌다. 독서생의 발언은 그만큼 충격적이었다.

척일도의 죽음이라니…….

척일도. 그는 산서성의 군주이며 황제의 빙장이다. 자신과 대립한 당대 최고의 권력자 중 한 사람인 그는 자신마저도 쉽게 대하지 못하는 자였고, 때로는 눈엣가시가 되기도 했다. 그가 죽는다면 분명 황제는 대노할 것이다. 용의 분노를 사게되는 것이다.

황인욱의 눈에는 놀람이 가득했고, 잔을 쥔 손에 가느다란 떨림마저 생겨났다. 도대체 이놈은 무슨 생각으로 자신에게 이런 제안을 한단 말인가?

꿀꺽.

"쉽지 않은 일이다."

"쉬운 일이라면 꺼내지도 않았겠지요."

"음……."

황인욱은 고심했다. 물론 척일도가 죽는다면 자신의 권력은 더욱 견고해질 것이 분명했다. 또한 다음 대의 황권에 도전하는 자신의 입지가 더욱 굳어지는 것도 사실이었다. 독서생은 마치 자신이 마음속 깊이 품어 온 생각을 알기라도 하는 듯한 표정이었다.

"좋다. 하지만 척일도의 죽음을 누구와 연관시킬 생각이냐? 그는 무림인들과는 아무런 관계도 없을 텐데?"

"알고 있습니다. 하나 개방이라는 곳이 있지요. 개방은 오래전부터 척 대인과 깊은 원한이 있습니다. 명말, 청조의 개국공신이신 척 대인은 개봉성에서 반란을 제압하며 개방의 전대 방주를 효시하였습니다."

"안다."

"그가 죽는다면 제일 먼저 표적이 되는 것은 개방, 덤으로 정무협이 될 것입니다."

"음……."

"하나 팔기군에서 나서실 필요는 없습니다. 척 대인이 암살당하면 친왕 폐하 역시도 용의선상에 오를 테니까요."

"그렇겠지."

"친왕 폐하께선 단지 한 걸음 뒤로 물러서 계시면 될 일입니다. 뒤는 제가 알아서 하겠습니다."

"한 걸음 물러선다?"

"예."

"어찌 물러선단 말이냐?"

"반란군입니다."

"……!"

*   *   *

무한 동호(東湖)의 인적이 드문 갈대밭.

수백여 명의 인물이 갈대에 몸을 숨긴 채 야행복 차림으로 무언가를 기다리고 있었다.

"흑검대."

"예."

"우리의 어깨에 미래가 달려 있다."

"알고 있습니다."

"……."

담담한 대답 때문이었을까, 우두머리로 보이는 사내가 잠시 말을 멈추고 수하들을 쳐다보았다.

"아마도 전원 죽겠지……."

"압니다."

"그리고 역사는 우리에게 침을 뱉을지도 모른다. 또한 우리는 외면당할지도 모른다."

"압니다."

"……."

수장의 기분을 알아챘었음일까, 수하들이 그를 향해 환하게 웃었다.

"대주, 어차피 죽어야 할 목숨이었습니다. 이제껏 살아온 것 자체도 그분의 은혜에 보답하기 위함입니다."

"음……."

"그리고 그분은 절대로 우리를 버리지 않을 것입니다. 누구보다 여린 분임을 우리가 제일 잘 알고 있지 않습니까. 죽어서도 그분은 우리를 잊지 않을 것입니다. 그분의 가슴속에 영원히 남게 되겠지요. 우리의 죽음이 밑거름이 된다면 그것으로 족합니다."

이미 수하들은 죽음을 각오하고 있었다. 어쩌면 자신이 괜한 생각을 한 것인지도 몰라 피식 웃음이 났다.

"그래, 우린 그런 삶을 살아왔지."

그제야 얼굴이 밝아진 수장이 복면을 꺼내 뒤집어썼다.

"시간은 일각. 지시가 내려오고 일각 안에 모든 일을 처리한다."

우두머리의 말투가 담담하게 변했다. 어느새 그의 눈은 예의 날카로움을 되찾고 있었다.

*   *   *

천향루.

황인욱은 독서생을 노려보며 침착하게 물었다.

"반란군?"

"예. 청조 건립 십 년, 자리를 잡았다 하나 모두가 그러한 것은 아니지요. 아직 청조에 뜻을 두지 않은 역도가 산재해 있습니다."

'설마… 역도까지 준비한 것인가?'

황인욱의 목울대로 마른침이 넘어갔다.

"친왕 폐하께서 허락하시는 순간, 역심을 품은 자들이 호북 성도를 공격할 것입니다. 진압을 하셔야겠지요. 황제께 주청을 드려서라도 말입니다."

"부하를 희생시키는 것이냐?"

"부하라… 아닙니다. 그들은 역도가 되는 순간부터 사흑련과는 무관한 이들입니다."

"무관하다?"

"예. 이제 그들은 역도일 뿐이지요."

"……."

수하를 죽음으로 내몰면서까지 어찌 저렇게 담담한 표정을 지을 수가 있단 말인가. 독서생의 냉정한 계책에 황인욱의 표정에는 어느새 놀람과 긴장감이 떠올라 있었다.

"무서운 인물이군. 때로는 붓이 칼보다 강하다 들었다만, 너를 보니 그 말이 틀린 말이 아님을 알겠구나. 부하를 희생시킬 생각까지 하다니."

"큰일에는 작은 희생이 따르는 법입니다."

무서운 놈이다. 만약 조금이라도 일이 잘못되면 자신조차도 안위를 장담할 수가 없을 것이다. 아무리 청조 최강의 권력자이자 군부의 수장이라 해도 황제의 분노를 감당할 수는 없는 일이 아닌가. 청조 건립 이후 줃들어 버린 용이지만 가까이에서 함께 전쟁을 치러 온 자신은 이복 형인 황제를 잘 알고 있었다. 하나 독서생은 이미 황인욱이 분노에서 벗어날 방법까지 생각해 둔 것이 아닌가.

"후우, 네놈은 정말 거침이 없구나. 내가 너의 청을 거절한 다면 너는 그 말 하나로도 참수당할 수 있음을 모르는가?"

"압니다. 하나 절대 거절하지 않으실 거라 생각합니다."

"놈……."

황인욱이 아랫입술을 지그시 깨물었다.

"네 말이 맞다. 거절할 이유는 없지. 그만큼 매력적인 이유 이기도 하고. 너의 제안은 나에게 있어 반드시 필요한 것 중 하나다. 척일도의 죽음은 내 입지를 굳혀줄 것이고, 무림을 얻게 되면 나는 든든한 우군이 생기겠지."

황인욱이 연거푸 술잔을 들이켰다. 떨리는 마음을 진정시키기 위함이었다.

"그만한 제안을 이루자면 분명 네놈이 원하는 바도 있으리라 생각한다."

황인욱이 빈 술잔을 독서생에게 내밀었다. 그 순간 그 둘은 동료가 된 것이다. 한길을 걸어가야 할 동료. 황인욱이 따라 준 술을 단번에 들이켠 독서생이 백익선을 내리면서 말했다.

"무림을 바치는 대신 사흑련을 강호의 주인으로 인정해 주십시오."

"당연한 말이다. 나의 품 안에 든 개가 아닌가. 하나 내가 묻는 것은 네놈이 개인적으로 원하는 바다. 필시 원하는 게 있을 터."

황인욱의 말에 독서생이 잠시 호흡을 가다듬고 입을 열었다.

"일향촌에 대한 면죄와 한 인물의 목입니다."

"일향촌?"

"예. 팔 년 전 노예로 살아가던 이들이 마을을 만들었지요. 그 마을은 쑥대밭이 되었고, 살아남은 자들은 고작 십수 명뿐입니다."

"음, 기억나는군. 분명 운학서원의 혈육을 품은 곳이었지?"

"예."

"……."

황인욱은 잠시 고민했다.

당시 황기군은 일향촌을 완전히 괴멸시키지 못했다. 단 한 명의 인물 때문이었다. 그로 인해 태무룡은 황기군 삼좌에서 쫓겨났고 더 이상 무장으로 살아갈 수 없었다.

"그곳의 인물이었나?"

"그렇습니다."

독서생은 아무런 고민도 없이 대답했다.

"그렇다면 자네도 역도의 한 사람이군."

"……."

"그날 이후 나는 재차 그곳에 대한 척살령을 내렸다. 한데 이미 흔적도 없이 사라져 버렸더군. 야랑을 시켜 사방으로 찾아보았으나 허사였지."

"알고 있습니다. 이미 다른 곳으로 이동했으니까요."

"그렇군. 하지만 그들은 황기군의 무장 수십을 죽였다. 황제의 군대이자 나의 수하들을 말이다. 한데 그들의 죄를 사해 달라?"

"예. 그리고 노예 신분도 지워주십시오."

황인욱은 가만히 독서생의 얼굴을 쳐다보았다. 흔들림없는 눈빛에서 이미 자신의 대답을 알고 있는 것만 같았다.

"바라는 것이 많군. 하나 좋다. 그 정도 조건이 되어야 나도 자네를 믿겠지. 무림을 내게 가져다준 수하를 역도로 내몰 순 없으니까. 또 하나, 목을 원하는 인물이 누구냐?"

황인욱은 이미 독서생을 수하쯤으로 생각하는 모양이었다.

"……."

그러나 독서생은 이전처럼 빨리 답하지 못했다.

"어째서 그러지? 척일도의 암살을 운운하던 자가 어째서 꿀 먹은 벙어리가 되었나? 말해보라."

"태… 무룡의 목입니다."

"……!"

독서생의 말에 황인욱이 또 한 번 깜짝 놀라고 말았다.

"뭐라고!"

태무룡이라니. 태무룡은 황인욱의 한 팔이나 다름없는 충직한 수하가 아닌가. 그를 아끼지 않았다면 무장도 아닌 그를 곁에 두진 않았을 것이다. 한데 그의 목을 달라 하다니.

"어째서?"

황인욱은 화를 내기보다는 그 이유를 궁금해했다.

"제 아비의 원수입니다."

독서생의 턱이 강하게 떨렸다. 눈에선 핏발만 보아도 그가 분노를 참고 있었다는 사실이 느껴졌다.

"음, 어려운 청이군."

"압니다."

"쉽게 결정을 내리지는 못하겠군. 고민해 보겠다."

황인욱은 수하를 함부로 내버리는 장수가 아니었다. 그가 이제껏 뛰어난 수하들을 얻을 수 있었던 것은 그의 포용력 때문이기도 했다. 하나 그것만으로도 충분했다. 이제부터는 그가 결정을 내릴 수 있도록 신뢰와 큼직한 먹이만 준비하면 되는 것이다.

"감사합니다."

수락이 떨어지고 황인욱과 독서생은 서로에게 술을 권하며 계책에 대한 세세한 이야기를 나누었다. 시간이 흐를수록 황인욱은 독서생에게 감탄할 수밖에 없었다.

"친왕 폐하, 이만 돌아가겠습니다."

"아쉽군. 모처럼 뛰어난 자를 만났다 생각했는데……."

"아쉬울 게 뭐가 있겠습니까? 이제부터는 원하실 때 찾아 주시면 됩니다."

"음."

독서생이 공손하게 절을 올리고 나가려는데 황인욱이 그를 불러 세웠다.

"하나만 묻지."

"……."

"혹시나 내가 그대의 청을 거절했다면 어찌할 생각이었나? 보아하니 무공도 익히지 않은 몸으로 보이는데다가 단칼에 목이 떨어질 수도 있었을 텐데… 배짱이었나?"

"……."

황인욱이 피식 웃으며 말을 하자 독서생이 천천히 고개를 돌렸다.

"배짱이라… 설마 제가 감히 친왕 폐하에게 배짱을 부릴 수야 있겠습니까?"

"배짱이 아니라고?"

"만약… 거절하셨다면……."

독서생의 표정이 싸늘해졌다.

"죽였을 겁니다."

무슨 말인가, 죽였을 것이라니. 농담으로 치부하기에는 독서생의 표정이 너무도 진지했다.

"하하, 농이 지나치군. 설마 실력을 감추고 있었다 할 참인가?"

"아닙니다. 저는 서생일 뿐입니다. 무공이라곤 전혀 알지 못합니다."

"하면?"

툭.

황인욱의 물음에 독서생이 백익선을 바닥에 던졌다.

"……."

무슨 영문인지 고개를 갸웃거리던 황인욱은 자신의 목에서 싸늘한 감촉을 느꼈다.

예기를 가득 품은 칼.

"제가 기르는 개들입니다. 암혼(暗魂)이라 하지요. 그들의 존재는 사흑련에서도 알지 못합니다. 친왕 폐하께 드리지요. 모두 넷입니다. 저의 목을 제외한 무엇을 시키시더라도 따를 것입니다. 그리고 그 백익선은 약속의 징표입니다."

독서생은 차분하게 말을 마치고는 다시 한 번 인사하고는 사라졌다. 그와 동시에 목에서 느껴지던 예기 또한 안개처럼 사라졌다.

"……."

꿀꺽.

마른침이 넘어갔다.

과연 독서생의 말처럼 거절했다면 자신은 죽음을 면치 못했을 것이다. 그가 암영들과 백익선을 주고 간 것은 그의 말대로 약속의 징표이자 신뢰의 상징이었지만, 또한 일종의 경고였다. 만약 그와의 관계를 부정하거나 버린다면 어찌 될 것인가를 알려주는 경고.

'사지에 들어온 것은 그가 아니라 나였던가? 무서운 자다. 어쩌면 나는 잘못된 거래를 하고 있는 것인지도…….'

처음으로 느껴보는 공포심에 황인욱의 손이 가늘게 떨렸다.

*　　　*　　　*

피잉!

어둠 속에서 수없이 빛나는 별들을 향해 또 하나의 별이 솟구쳐 오른다. 유성이라면 바닥으로 떨어질 것인데 하늘을 솟구쳐 오르다니? 자세히 보니 솟아 오른 별은 붉은색이었다.

"신호다!"

"신호입니다."

무한 동호의 갈대밭 어귀에 몰려 있던 수백의 복면인들이 검을 고쳐 쥐었다.

"군사의 명령이다. 지금부터 우리는 그동안의 모든 것을 버려야 한다. 이제부터 우리는 역도다."

"……."

"모두가 죽음을 각오하라. 일각, 일각 안에 성도인 무한을 점령하고 관인들의 목을 한 놈도 남김없이 벨 것이다. 지금부터 무한의 그 어떤 곳에서도 사람의 흔적이 보여서는 안 된다."

"존명!"

"가라! 무한의 모든 생명을 말살한다."

수백여 명의 인물이 말 위에 올라 내달리기 시작했다. 어둠에 잠든 대지를 깨우듯 수백여 필의 발굽 소리가 세상을 울렸다.

두두두두!

2

거대한 대전.

수없이 늘어선 관인들이 고개를 숙인 채 쥐 죽은 듯 숨을 죽였다.

높이만도 삼 장에 이르는 거대한 나무 기둥을 세워 만든 대전의 끝.

화려한 제단을 쌓은 뒤 그 위에 올린 태사의.

모두가 숨을 죽이며 바라보는 태사의에는 황금빛이 감도는 용포를 입은 채 턱을 괴고 있는 한 인물이 앉아 있었다.

졸음이 오는 듯 가늘게 뜬 두 눈이었고, 비스듬히 걸터앉은 모습이었으나 아무도 그에게 함부로 자세를 바로 하라 할 수는 없었다. 그가 바로 일인지하 만인지상의 위치에 선 당금의 천자였기 때문이다.

"무한성(武漢城)이라고?"

무미건조한 음성으로 묻자 시립해 있던 관인들 중 하나가 재빨리 대답했다.

"예, 폐하! 호북성 무한이 폭도들에 의해 점거되었습니다."

"폭도라… 반청복명을 외치던 무림인들인가?"

"그리 보이옵니다."

"오랜만이 아닌가, 무료했는데 잘되었군."

"……."

황제는 호북의 성도가 무너졌음에도 신경조차 쓰지 않는 듯했다.

"모처럼 재미있는 일인데, 직접 출병해 볼까?"

"……."

"……."

황제가 폭도를 잡기 위해 출병한다니, 무슨 말 같지도 않은 소리란 말인가. 대신들은 말려야 함을 알지만 서로의 눈치만 볼 뿐, 어느 누구도 입을 떼지 않았다.

"폐하, 그 무슨 말씀이십니까? 어찌 그런 비루한 무리들을 치는 데 직접 움직이신단 말씀입니까? 천부당만부당한 말씀입니다. 차라리 제가 하겠습니다."

관인들 중 상좌에 있던 호목의 노인이 일어나 아뢴다. 노쇠한 목소리였으나 강인한 힘이 느껴지는 극소리였다.

"오오, 국구(國舅)께서요? 허허, 아직도 젊은 날의 패기가 남으신 모양입니다?"

"황송합니다, 폐하."

말한 자는 산서성의 성주 척일도였다.

과거 선대 황제와 막역한 사이였으며 현 청조의 개국 공신이자 황제의 장인이기도 한 그는 칠십여 세에 이르렀음에도 여전히 피가 끓어오르는 모양이었다.

"국구, 설마 모처럼 만의 제 즐거움을 빼앗으시겠다는 겁니까?"

황제가 미소 지으면서 물었다.

"송구합니다. 하나 세상의 주인이신 폐하께오서 어찌 함부로 움직이신단 말입니까? 폐하는 곧 중원임을 잊으셨습니까?"

"또 그 소리……."

"폐하!"

"알았어요, 알았어. 내 국구 때문에 소피도 못 보겠소. 하하."

"송구하옵니다."

"음, 그러면 누구를 보낸다? 국구께서는 연로하셨으니……."

"괜찮사옵니다, 폐하. 명령만 내리시오소서. 저 불민한 무리들을 제가 가서 조속히 쓸어버리겠나이다."

국구 척일도의 말에 황제가 흐뭇한 표정을 지었다. 나라가 안정되기 시작하고 나서 청조의 분위기는 서서히 문관들에게 쏠려가고 있었다. 하지만 대초원을 누비고 피가 튀는 전장에서 살아온 황제는 그러한 현상이 마음에 들지 않았다. 또한 자신의 눈치만 살피고 있는 대신들이 못마땅할 뿐이었다.

"쯧쯧, 어찌 국구를 제외하고는 나서는 이가 없단 말인가."

"……."

황제의 질책에 관인들이 저마다 고개를 숙였다.

"폐하!"

그때 누군가의 우렁찬 목소리가 들려오자 황제를 비롯한 모두가 그곳으로 시선이 돌아갔다.

"신이 다녀오겠나이다."

그는 바로 황인욱이었다. 황기군을 상징하는 황금빛 갑옷에 옆구리에 투구를 끼고 위풍당당한 모습으로 걸어 들어오는 그의 모습에 황제가 크게 기뻐했다.

"오오, 아우, 어서 오시게."

"폐하를 배알하나이다."

황인욱이 군례를 취하며 꿇어앉자 황제가 자세를 바로 하는 것만 보아도 그에 대한 총애를 추측하고도 남음이었다.

"폐하, 신 황기군장, 그동안 내정에만 몰두하여 칼이 무뎌

지던 참입니다. 저를 보내주시옵소서."

"이리 가까이 오라. 모처럼 만의 등청인데 어찌 그리 먼 곳에 있는 겐가?"

"예, 폐하."

황제는 만면에 웃음을 띠고 황인욱을 손짓해 어전 근처로 불렀다. 황제의 자리인 어전은 어떤 사람도 함부로 자리하지 못했으나 황인욱은 그다지 신경 쓰지 않는 듯이 그 곁으로 다가갔다.

"그래, 자네가 갔다 오겠다고?"

"예, 폐하."

"최고의 무장인 그대가 나설 필요까지야 있겠는가? 홍기군이나 백기군만 가도 충분할 것이네. 모처럼 왔으니 나와 술이나 한잔하세나."

"하하, 폐하, 술은 다녀와서 승전주로 받겠나이다."

"음, 정히 그리도 가고 싶은 겐가?"

"……."

황제가 표정을 찡그리며 국구 척일도를 바라보았다. 아마도 의향을 묻는 것이리라.

"폐하, 황기군장이 저리도 가고 싶어하니 보내십시오. 아마도 그가 간다면 단시일 내에 폭도들을 멸할 수 있을 것입니다. 그의 말처럼 술은 승전주로 하사하시지요."

"국구마저… 쳇, 모처럼 즐겨보나 했더니……."

황제는 입맛을 다시고는 내전시위장에게 명했다.

"시위장."

"예, 폐하."

"검을 가져오라."

"예, 폐하."

황제의 명에 따라 비단보에 받쳐진 간장검이 들려 나왔다.

"모처럼 써보고 싶었는데… 뭐, 어쩔 수 없지. 황기군장은 들어라!"

"신, 황기군장 황인욱, 명을 기다립니다."

"나라의 기틀을 세운 지 십 년! 무도한 무리들이 안정을 깨고 민생을 어지럽히니 그대가 나의 검이 되어 폭도를 멸하라!"

"충!"

황인욱은 황제가 내린 검을 소중하게 받아 들고는 뒷걸음질치며 밖으로 나갔고, 이내 황성에서는 일천여 명의 황기군이 호북성을 향해 먼지를 피워 올리며 떠났다.

*   *   *

호북 성도 무한.

해가 중천에 떠오른 시간임에도 개미 새끼 한 마리 보이지 않았다. 거리는 온통 시신들로 가득했고, 불타오르고 부서진 마을의 전경은 스산하기까지 했다.

거대한 위용을 자랑하던 성둔은 단단한 걸쇠가 부러져 쓰러지고, 지키던 군졸들은 싸늘한 시신으로 변해 있었다.

"……."

수많은 시신들 틈에서 싸늘한 얼굴토 자신이 만들어낸 참상을 바라보는 무인. 목적 때문이기는 했으나 너무도 많은 이들의 목숨을 앗아버린 것에 대한 씁쓸한 표정이 그의 얼굴에 떠올라 있었다.

"대주, 모든 것이 정리되었습니다."

"음……."

수하의 보고에 대주 목관명이 가만히 고개를 끄덕였다.

"그리고 이것이……."

"……."

수하는 손에 든 작은 서신을 내밀었다. 원래부터인지, 아니면 그의 손에서 묻은 것인지는 모르지만 서신에는 핏자국이 선명했다.

출(出). 황기군.

짧은 글이었으나 바라보는 목관명의 눈이 잘게 떨렸다.

"화평……."

"예, 대주."

"진정 옳은 것이겠지?"

"……."

화평은 대답하지 못했다.

"아니다. 어차피 우리에게 판단이라는 것은 허락되어 있지 않으니까……."

"대주……."

왠지 모르게 목관명의 얼굴에 슬픔이 떠올랐다가 금세 사라지고, 이내 싸늘한 표정으로 변해 버렸다.

"화평, 황기군이 이동했다. 수하들에게 전하라, 죽음이 다가오고 있다고."

"……!"

역시나 이번에도 화평은 대답하지 못했다. 짧은 명령을 내뱉고 멀어지는 그의 말을 이해하지 못할 바가 아니었다. 그들이 받은 명령은 최대한 잔인하게 난주를 몰살시키라는 것. 세상의 모두가 손가락질할 정도로 잔인해야 했다. 그리고 그들은 황기군에게 죽어야만 했다. 황기군이 떠났다는 것은 자신들이 죽어야 할 시간이 다가오고 있다는 뜻임을 어찌 모르겠는가. 그들이 맡은 역할은 여기까지였다.

"조, 존명……."

화평은 떨리는 손으로 포권하며 대답했다.

第六章

두 가지 깨달음

1

호북성 북서방.

하늘을 떠받히듯 구름 속에 그 끝을 둔은 무당산.

일찍이 수백 년 전 삼풍 진인이 영기 어린 세 봉우리를 보고 득도하여 도문을 열었으니, 사람들은 그곳을 무당파라 했다. 중원 검공의 최고봉이라 칭허지며 스림과 함께 태산북두로 무림에 군림해 온 지도 오랜 시간이 흘렀다.

도를 찾는 자, 검을 찾는 자. 고두가 가릴 것 없이 산문을 올랐으니 그 오랜 성세가 오죽이나 했겠는가. 명조의 패망 이후 봉문하여 속인들의 발걸음이 뜸해졌으나 정무협이 무당산에 자리 잡고 날개를 펴니 많은 이들의 발걸음이 끊이지 않고 이어져 산문 밖 해검지는 연일 인산인해를 이루었다.

거대한 공터를 둘러싼 나무에 이름 모를 병장기들이 매달린 해검지에는 이미 그 명성을 듣고 몰려온 수많은 속인과 무인들이 가득했다.

"검, 도, 창… 이건 마치 병장기의 숲 같은데요?"

무명이 손가락으로 나무에 달린 무구들을 세며 감탄사를 터뜨렸다.

"해검지라고 불립니다."

무명의 반응을 당연하게 여기며 모용찬이 대답했다. 인신매매범들을 관에 넘기고 제법 두둑하게 현상금을 챙겨 받은 모용찬으로서는 기분이 좋았다. 앞으로 한동안은 돈 걱정을 하지 않아도 될 듯했기 때문이다. 내심으로는 앞으로 그쪽 길로 나가볼까 하는 생각마저 들었다.

"해검지라… 검을 풀어두어야 하나요?"

"아닙니다. 과거엔 그러한 전례가 있었다고 하지만 지금은 아무도 그것을 따지지 않는다고 하더군요."

"아, 그렇군요. 그나저나 사람들이 많네요."

"아마도 그럴 겁니다. 정무협이 생겨서 그들의 그늘에 들고 싶어하는 무인들이 많으니까요. 지방의 무관이나 표국에서도 그들과 줄을 대기 위해서 혈안이 되어 있을 겁니다. 더구나 한동안 봉문을 했던 곳이라도 정파의 기둥입니다. 정무협이 만들어지고 정파의 내로라하는 고수들이 모여 있으니 무인들에겐 이만한 볼거리도 없지요. 삼황의 일 인이신 송학 도장의 제자 검룡이 있다고 소문나 있으니 각지의 무인들이 몰려들지 않는 것이 더 이상하죠."

"검룡이라면?"

"화산의 검선이신 송학 도장께서 직접 길러내신 제자라고 하는데, 저도 소문만 들었죠."

"그렇군요."

"네, 일단 올라가시죠."

모용찬은 무명에 앞서 걸음을 옮기기 시작했다.

'스승님과 같은 삼황의 제자라… 한번 보고 싶군.'

사람들을 지나쳐 해검지를 지나자 산 중턱에 만들어진 산 문까지의, 세기조차 힘든 계단이 드러났다.

"절경이네요."

"네, 절경이죠. 무인들에게는 해검지보다는 이 산문길이 더욱 유명한 곳입니다. 한때 불의인(不義人)에게는 지옥으로 가는 입구와도 같은 곳이었으니까요. 해검지가 단지 무당파 에 대한 예우로 만들어진 것이라면, 이곳은 무당파 스스로가 만든 곳입니다. 악의를 가지고 찾아온 자들 중 단 한 사람도 오르지 못했다고 할 만큼 무당파의 자부심이 서려 있는 곳입 니다. 계단의 곳곳에 묻은 얼룩은 그들이 흘린 피의 흔적이라 더군요."

"무시무시하네요."

"그럼요. 중원무림의 역사와 함께해 온 곳인걸요."

두런두런 이야기를 주고받으며 계단의 끝에 다다른 무명과 모용찬은 산문의 입구를 지켜선 건장한 무인들을 볼 수 있었다.

"어떻게 오셨습니까?"

도포를 입고 건을 둘러 단정한 느낌을 주는 도인이 무명을 향해 말을 걸어왔다.

"모용가의 차남, 모용찬이라 합니다. 다시금 속세로 나온 무당의 명성을 듣고 찾아왔습니다."

모용찬의 대답에 도인이 미소 지으며 답했다.

"연의(聯義)의 뜻을 가진 모용가의 공자시군요. 무당에 오신 것을 환영합니다."

"감사합니다."

도인은 별다른 제지 없이 산문을 열어주며 무명과 모용찬을 안내했다. 모용세가라고 하면 오가회의 주축이자 심양에 거대한 세력을 형성하고 있는 무가였다. 최근 검룡으로 인해 무가의 자제들이 찾아오는 일이 잦았기 때문에 모용찬과 무명 역시도 그들 중 하나로 생각한 것이다.

도인의 안내를 받아 산문을 넘어선 무명과 모용찬은 제법 많은 이들을 볼 수가 있었다. 물론 무당파의 무인들보다는 객들이 더 많았다.

"흠, 이들도 전부 무당을 찾아온 이들인 모양이지요?"

"예. 저희 무당에는 아래쪽에 자로 객당이 지어져 있습니다. 사대제자들과 오대제자들이 수련하는 곳과 수많은 빈객들의 처소이지요. 하루에도 찾아오시는 분들이 많으니까요."

"아, 그렇군요."

"자, 가시죠. 객당으로 안내해 드리겠습니다."

도인은 객당이 지어진 곳으로 무명과 모용찬을 안내했는데, 안쪽으로 들어갈수록 무인으로 보이는 자들이 많아졌다. 표국 무인들이나 상가의 무인들이 대다수였다.

"정무협이 있다고 하던데?"

"하하, 물론 무당산에 정무협이 있지요. 하지만 그곳은 외인들의 출입을 금하고 있습니다."

"그렇군요."

"자, 다 왔습니다. 이곳은 무가의 분들이 머무는 객당입니다. 호남 성도의 일로 먼저 온 분들이 많이 계시지요."

도사의 안내를 받아 도착한 객당에는 이미 수많은 무인들이 자리를 잡고 있었다. 모두가 태양혈이 불룩하고 기세가 날카로워 보였다.

"뛰어난 자들이 많군요."

무명의 말에 모용찬이 대수롭지 않게 고개를 끄덕였다. 무당파의 객당에 무인들이 있는 것은 그다지 새로울 것도 없는 사실이 아닌가.

"저기 있는 자들 모두가 정파에 속한 문파의 뛰어난 후기지수들입니다. 저기 보이시죠?"

모용찬이 누군가를 손가락으로 가리키자 그곳에는 스무 살이 조금 넘어 보이는 사내가 전각의 기둥에 비스듬히 기대어 있었다.

"저자는 청성파의 후기지수인 강인환이라는 자입니다. 중원사룡을 제외하고는 가장 뛰어난 자라는 소문이 있지요. 청풍검법(淸風劍法)의 계승자로 제법 유명세를 타고 있고 정파 후기지수들의 모임인 청풍명월의 수장입니다. 그 옆에 보이시죠? 그들 모두 청풍명월에 소속된 무인들이지요. 형산파의 쌍검이라 불리는 노태광, 천풍태를 비롯해서 소림의 공진, 점창파의 비극검입니다. 그리고 그 옆에 있는 아름다운 여인은 아미파의 속가제자인 청옥 선자입니다. 조만간 불가에 귀의한다는 소문 때문에 무가의 사내들이 속을 끓이고 있죠."

"그렇군요."

"하지만 의외네요. 저들은 밖으로 잘 나다니지 않는데……."

모용찬은 한 명, 한 명을 짚어가며 무명에게 설명을 해주었다.

"오호, 그 명성도 자자한 청풍명월이 아닌가?"

그때 무척이나 귀에 거슬리는 목소리가 무명의 고개를 돌리게 했다. 대충 허리춤에 검을 걸친 사내가 청풍명월의 근처로 다가와 이죽거리고 있었다. 그의 목소리를 듣는 순간 강인환을 비롯한 무인들의 눈이 살짝 찌푸려졌다. 목소리만 들어도 그가 해남파의 추일엽이라는 사실을 알 수 있었기 때문이다.

"여보게들, 이리 와보게. 그 명성도 자자한 청풍명월일세."

추일엽은 비웃음이 가득한 표정으로 자신들의 일행을 불렀다.

"그래, 고고하기로는 학(鶴)을 우습게 생각하는 청풍명월이 어째서 이런 곳에 계실까? 설마하니 세속에서 일어난 반란 진압에 동참하기 위한 것은 아니겠지? 참, 오래 살고 볼 일이야. 안 그런가? 관무의 유착에 대해 지극히도 반대하던 이들이 관을 위해서 나서다니 말이야."

비꼬는 듯한 추일엽의 말에 청풍명월에 속한 이들의 얼굴이 더욱 일그러졌다. 추일엽의 말처럼 그들이 무림에 나온 것은 그들 자신도 그다지 좋아할 만한 것이 아니었다. 사문의 명령이 없었다면 끝까지 거부했을 것이다.

"어째 대답이 없나? 너무도 뛰어나서 나 따위는 상대조차 하기 싫다, 이것인가?"

"그만하지. 자네와 말다툼이나 하려고 무당산을 오른 것이 아니네."

"호오, 천풍태, 자네가 내게 말을 걸어줄 때도 있군그래? 이거, 영광이라고 해야 하는가?"

"……."

그 말에 천풍태가 어금니를 깨물며 추일엽을 노려보았다.

"왜, 한번 붙어보게? 난 괜찮은데. 전부터 자네의 삼십육로 화풍낙안검이 궁금했는데 잘되었군그래."

추일엽이 입꼬리를 말아 올리며 검에 손을 가져갔다.

"이 자식이!"

"풍태!"

강인환의 말에 나서려던 천풍태가 움찔거리며 뒤로 물러났다.

"죄송합니다, 대형."

"작은 일에 마음을 다스리지 못해서야 되겠는가. 자숙하시게."

"예."

나무라듯 말한 강인환이 고개를 돌려 추일엽을 바라보았다.

"그대도 그만하지. 힘자랑을 하고 싶다면 내가 직접 상대하겠네."

강인환의 매서운 눈초리에 추일엽이 검에서 손을 떼지 못한 채 한참이나 그를 마주 바라보았다.

"생각없으면 그만 돌아가시게."

강인환은 이내 관심을 끊어버리고는 몸을 돌려 처음과 같이 기둥에 기대었다. 한마디로 무시당한 것이었다.

그 모습을 매섭게 쳐다보던 추일엽이 검을 놓고 피식 웃었다.

"훗. 좋아, 오늘만 날이 아니니까."

"저들은?"

"아, 해남파의 검협, 추일엽입니다."

"강해 보이는군요."

"강하지요. 하지만 그 성격이 더럽고 싸기지없기로 더 유명합니다. 일전에 말씀드린 십존 중에 검존이신 여모검선의 제자지요."

"검존이라……."

"정파의 후기지수들 중 청풍명월의 수장인 강인환과 마찬가지로 추일엽은 검정(劍庭)을 이끌고 있습니다. 그 둘은 유명한 앙숙 관계지요."

"같은 정파가 아닙니까?"

"맞습니다. 하지만 같은 길을 걷는다고 모두가 친구가 될수는 없으니까요."

"흐흠, 그렇군요."

픽!

"저, 저런!"

무명과 모용찬이 대화를 나누는 사이에 돌아섰던 추일엽이 갑자기 달려온 청의인에 부딪쳐서 넘어졌다.

"어이쿠!'

청의인은 넘어진 채로 자신과 부딪친 사내를 쳐다보았다.

'제, 제길! 추일엽이잖아!'

순간 하필이면 추일엽이라는 생각에 얼굴이 딱딱하게 굳었다. 청의인의 가슴에 '송화(松火)'라 적힌 것을 보니 사천성 송화표국의 인물인 것으로 보였다.

"추, 추 소협, 괜찮으십니까?"

청의인 낙청은 자신과 부딪쳐 넘어진 추일엽을 향해 사과를 했다. 모두의 시선이 넘어진 추일엽과 낙청을 향했다. 평소 추일엽의 성정으로 보았을 때 그냥 넘어가지 않을 것임을 익히 알고 있었던 사람들과 낙청과 함께 온 일행들은 추일엽이 어찌 행동할 것인가에 시선을 집중했다.

"……."

추일엽이 넘어진 채로 사내를 노려보다가 고개를 돌려 강인환을 쳐다보았다. 그는 여전히 자신에게는 전혀 관심이 없는지 눈을 감은 채였다. 여전히 자신을 무시하고 있는 것이었다.

"괜찮으십니까?"

낙청이 미안한 표정으로 사과를 해오자 몸을 일으킨 추일엽이 옷에 묻은 흙을 털어내며 굳은 얼굴로 낙청을 쳐다보았다.

"송화표국인가?"

"예? 예, 송화표국의 낙청이라 합니다."

"송화표국이라……."

송화표국은 사천성 비현에 위치한 표국이었고, 청성파의 속가제자이던 섬전잔심(閃電殘心) 함추삼(咸秋三)이 주인으로 있는 표국이었다.

문득 재미있는 생각이 떠오른 추일엽이 피식 웃었다.

퍼억!

"끅!"

아무 일 없이 끝날 줄 알았던 순간이 한참이나 날아가 떨어지는 낙청의 비명에 사람들의 시선이 집중되었다.

"괜찮냐고? 괜찮을 리가 없지. 한쪽 어깻죽지가 끊어져 나가는 것 같았단 말이다."

비웃음 가득한 얼굴로 추일엽이 짐짓 아픈 척을 했다. 누가 봐도 엄살에 불과했고, 그것이 표사들을 놀리는 것임을 눈치채지 못할 이는 아무도 없었다.

"소, 소협! 용서해 주십시오."

낙청의 동료들이 재빨리 그들을 막아서며 무릎을 꿇고 용서를 구했다.

"용서? 지금 용서를 바라는 건가? 이보게들, 지금 이자들이 용서해 달라는군그래?"

추일엽이 그들을 비웃으며 자신의 동료들을 쳐다보았다. 모두가 비웃음 가득한 표정으로 송화표국의 표사들을 쳐다볼

뿐, 누구 하나 나서는 이가 없었다.

추일엽이 강인환과 청풍명월의 무인들을 슬쩍 쳐다보고는 표사들을 향해 고개를 돌렸다.

"좋아, 용서해 주지. 하지만 조건이 있어."

"예? 조건이라면?"

"뭐, 그리 어려운 것은 아니고… 저기 보이지, 청풍명월이라는 거창한 이름을 짓고 모여 있는 자들인데 말이야. 송화표국이 청성파와 관련이 있는 걸로 아는데, 가서 도와달라고 해봐. 저기 보이는 강인환이라는 놈이 네놈 대신에 사과를 하면 봐주도록 하지."

"예? 그, 그건……."

"왜, 못하겠나? 내 팔에 대한 대가는 비싸다고. 난 받은 만큼 반드시 돌려주는 성격이고 말이야. 아마 네놈들 동료의 팔 한쪽은 놓고 가야겠지?"

"소, 소협, 제발……."

무리한 부탁이었다. 송화표국의 표사들은 고작 속가에 불과했다. 그것도 함추산이 아닌, 표국에 소속된 고용 표사가 감히 본 파에서도 명성이 자자한 강인환에게 그런 부탁을 할 수 없는 것은 누구나 아는 일이 아닌가.

추일엽 역시 그 사실을 모를 리 없었고, 강인환이 표사들을 위해 나서줄 리도 없었다.

"용서해 주십시오. 부탁드립니다."

"용서? 하지 못하겠으면 팔 하나를 놓고 가든지."

추일엽은 표사들을 쳐다보지도 않고 강인환에게 시선을 고정했다. 그는 강인환이 도발해 오기를 바란 것이다.

"소, 소협."

표사들은 울상이 되어서 강인환을 쳐다보았지만, 그는 여전히 눈을 감은 채로 고개까지 돌리고 있었다. 추일엽의 생각에 따라줄 의향도 없었거니와, 자신과 별 관계도 없는 표사들을 위해 나서줄 생각도 없었다.

"소협, 제발……."

"못하겠나 보군. 그럼 어쩔 수 없지."

추일엽이 강인환의 자존심을 비웃으며 검에 손을 가져갔다.

"멈추시오! 너무 심하지 않소!"

모두의 시선이 추일엽과 표사들을 향해 있는데, 그 순간 누군가 거세게 외치며 나섰다. 그는 다름 아닌 모용찬이었다.

"고작 부딪친 것을 가지고 팔을 운운하다니, 정파의 고명한 후기지수인 자가 무엇 하는 짓이오!"

"뭐냐, 네놈은?"

추일엽이 모용찬을 힐끗 쳐다보았다. 대충 봐도 허름한 복장에 알려지지 않은 얼굴이었다.

"나는 모용세가의 차남, 모용찬이라고 하오!"

"모용세가? 모용찬?"

추일엽이 눈썹을 찡그렸다. 생각을 더듬어보았지만 모용세가에 그런 인물이 있었다는 것은 기억나지 않았다.

"그래, 모용세가의 공자께서 어째서 나선 것이지? 여기가 오가회라고 생각하나? 정파에 와서 그대의 세가를 들먹인다 하여 누가 알아주겠나? 더구나 이름도 알려지지 않은 차남이 말이지."

"신분을 밝힌 것일 뿐, 이름을 들먹이려 한 것이 아니오."

"호오?"

"그대는 여모검선님의 수제자로 알고 있는데, 어찌 그리 경솔하단 말이오!"

"경솔? 웃기는 놈이군. 그래, 그대가 이들을 구해줄 생각인가?"

"뭐요?"

"그렇지 않으면 어째서 나선 것인가? 나섰다면 그만한 실력이 있어서가 아닌가?"

"……."

추일엽의 비웃음에 모용찬의 미간이 살짝 일그러졌다.

"왜? 겁나나? 괜히 나섰다는 생각이 드는가?"

"뭐라고?"

"실력이 없으면 그냥 찌그러져 있어. 고작 변방의 무가 따위의 차남이 겁도 없이 나서다니, 세가에서 제대로 배우지 않은 모양이군."

"이자가! 닥치시오. 그대가 검존이신 여모검선의 수제자라 하여도 가문을 욕보이는 것은 참을 수가 없소!"

"훗, 참을 수 없다고? 참지 마. 누가 참으라고 했나? 실력에 자신이 있으면 힘으로 막아보던가? 안 그래?"

"이… 이놈이?"

모용찬은 자신을 비웃는 추일엽을 향해 어금니를 갈았다.

"좋다! 모용세가의 모용찬! 그대에게 일검비무를 청하는 바다!"

"훗, 어이가 없군그래. 대어를 낚으려 했는데 잔챙이가 낚이다니 말이야."

추일엽은 자신을 향해 다가서는 모용찬을 향해 피식 웃으며 검을 뽑아냈다. 강인환을 도발해서 싸우고 싶었지만 모용찬과의 싸움도 한순간의 여흥거리로는 괜찮다고 생각되었던 모양이다. 그는 이름도 나지 않은 무인 따위에게 자신이 진다는 생각은 전혀 하지 않고 있었다.

"덤벼봐."

검을 늘어뜨린 채 도발해 오는 추일엽을 향해 모용찬이 사한성에게 받은 검을 쥐어갔다. 나서기는 했으나 이길 수 있다고는 생각하지 않았다. 단지 추일엽의 안하무인격의 행동이 마음에 들지 않았던 것이다.

검을 쥔 모용찬의 손에 힘이 들어갔다. 여차하면 뒤에 있는 무명이 도와줄 것이라 생각하며 일단은 추일엽의 자세를 살폈다.

"안 올 것인가? 그럼 내가 가지!"

파팍!

추일엽의 신형이 앞으로 뻗어 나오듯 움직였고, 검극이 모용찬의 단전을 찔러들어 왔다.

"헛!"

쾌속할 정도로 재빠른 공격에 헛바람을 집어삼킨 모용찬이 퇴보를 밟으며 검을 휘둘렀다.

채쟁!

"어쭈? 제법 한 수가 있단 말이지?"

피링!

자신의 일검을 막은 모용찬에게 살짝 놀란 추일엽이 검을 비틀자 휘어진 검신의 옆면이 모용찬의 좌측을 노리고 들어왔다.

까강!

모용찬은 재빨리 허리를 숙이며 검을 튕겼고, 휘어진 그의 연검이 추일엽의 검을 휘감으며 튕겨냈다.

"멋진 놈이군. 제법이야."

한참 동안 둘의 싸움을 바라보던 무명은 누군가의 감탄에 고개를 돌렸다.

"예?"

허름한 옷에 제법 단단해 보이는 인상의 노인이었다.

"저놈 말이야. 잘 배웠어. 뛰어난 놈이야. 안 그런가?"

"……."

노인이 무명을 향해 환하게 웃었다.

무명은 노인을 향해 고개를 돌리고는 한참 동안이나 바라보았다. 하지만 무명은 그 웃음에 화답할 수가 없었다. 노인은 기세를 감추고 있는 듯했으나 대기를 억눌러 오는 엄청난 압력에 차마 입을 뗄 수가 없었던 것이다. 무림에 나와 만나본 이들 중 가장 강렬한 느낌에 피부가 따끔거렸다.

순간 모용찬의 뒷모습을 바라보던 노인이 혀를 찼다. 무명은 지금까지 자신의 스승을 제외하고 이런 느낌을 가지게 하는 자는 처음이었다.

"모용가에 저런 검술이 있었나? 거참, 세상 오래 살고 볼 일이구만. 대성한다면 제법 이름을 날리겠어. 검술이라기보다는 필법에 가깝군그래."

노인은 모용찬의 검술을 정확하게 읽어내고 있었다.

'이 노인은?'

파카캉!

순식간에 수십 초가 흘러가 버렸고, 금세 끝날 줄 알았던 싸움에 무인들의 시선이 집중되었다.

'이, 이놈이?'

추일엽의 미간이 일그러졌다. 생각지도 못한 이름없는 놈이 자신의 검을 막아내고 있지 않은가. 처음에는 자신의 공격에 다소 당황하는 기색이었는데, 이제는 능동적으로 공격까지 하고 있었다. 오히려 자신이 당황할 정도로 뛰어난 검술이지 않은가. 자신의 검을 튕겨냄과 동시에 뱀처럼 휘어 가슴을 찔러들어 오는 모용찬의 검을 막아낸 추일엽이 재빨리 일 장여를 물러났다.

'이런 놈이 이제껏 알려지지 않았다니…….'

화가 났다. 담담하던 추일엽의 얼굴이 일그러졌다. 슬쩍 돌아보는데 이제까지 반응조차 하지 않고 있던 강인환이 모용찬을 향해 호기심 어린 눈으로 쳐다보고 있었지 않은가. 더구나 주위를 둘러보니 많은 무인들이 모용찬을 관심있게 쳐다보고 있었다.

'이, 이놈, 감히 나를…….'

추일엽의 어금니가 깨물어지고 눈빛이 매서워졌다.

웅, 웅.

그의 기에 반응한 검이 잔 떨림과 검명을 만들어냈다.

"도와주지 않아도 되는가? 하긴, 저놈의 실력으로 봐서는 그리 어려울 것도 없겠지만 말이야. 모용가가 후대를 잘 키워냈군그래."

턱을 괸 채 감탄하는 노인을 무명은 긴장한 채로 바라보았다. 모용찬은 알지 못하지만, 그는 무명과 함께 다니며 실력이 급증해 있었다. 틈틈이 화필검의 정수를 깨달아가고 있던터라 아무리 추일엽이 십존이라는 검존의 후계라 할지라도쉽게 무너지지 않을 거라 확신했다. 그렇기에 지금 이 순간은모용찬에 대한 걱정보다도 노인의 정체가 더 궁금했다.

"몸 안에 내공이 한 줌도 없다니, 희안한 놈이구나."

노인은 호기심 어린 눈으로 무명을 흘깃 바라보며 중얼거리듯이 말했다.

"그나저나, 자네는 누군가? 대충 보니 나의 기세를 눈치챈것 같은데."

"무, 무명이라고 합니다."

"무명(無名)? 이름이 없다는 뜻인가?"

"예."

노인이 고개를 끄덕거렸다.

"그렇구만. 한데 독특한 무공을 익혔나 보군."

"예."

"한데 나의 기세를 눈치챌 정도면 보통은 넘는 것 같은데?"

"과찬이십니다."

"실례인 줄은 아네만, 자네가 익힌 무공은 무엇인가?"

"예?"

"아, 사문의 비밀 같은 것이었나? 미안하네. 내가 원체 호기심이 많아서 말이야."

"아, 아닙니다. 사문의 비밀이라기보다는……."

"그럼 가르쳐 주시게."

노인은 끈질긴 물음에 머쓱해진 무명이 뒷머리를 긁적거리면서 대답했다.

"제가 익힌 것은 무공이 아니라… 수련법입니다."

"수련법?"

"예. 스승님을 만나 수많은 무공에 대해서 배우기는 했으나 일신의 재주가 미천해서 스승님의 무공을 익히지는 못하고 대신에 한 가지 수련법을 익혔습니다."

"호오, 그래? 그 이름이 무언가?"

"스승님께서는 '승풍취천' 이라 하셨습니다."

"승풍취천?"

"예."

" '바람에 올라 하늘을 취하다' 라… 제법 광오한 뜻을 지니고 있구만."

"예."

"한번 보여줄 수 있겠는가?"

"예?"

"자네가 얻은 힘 말일세."

"보여 드리는 것은 어렵진 않지만……."

무명이 주저하자 노인이 주위를 한번 둘러보았다.

"하긴, 그런 이름을 가진 힘이라면 이곳에서는 좀 힘들겠지?"

"예. 아직 제어가 잘 되지 않아서……."

"흠, 어쩔 수 없지."

노인이 난색을 표하는 무명을 향해 고개를 끄덕였다.

"혹, 무당파에 무슨 볼일이라도 있는 겐가?"

"예? 아닙니다. 딱히 볼일이라고 할 것까지는……."

"그래? 잘되었군. 어떤가, 약속한 이가 아직 오지 않아 기다리던 참이었는데, 내 쉬는 거처로 가서 술이나 한잔하겠는가?"

"술이요? 하지만 이른 시간이 아닙니까?"

"허허, 술을 마시는 데 시간이 무슨 상관인가?"

"알겠습니다. 일단은 제 동료가 있으니 함께 가도록 하지요."

"저기 모용가의 꼬마 말인가?"

"하하, 예."

"그리하게. 보아하니 대충 싸움이 끝날 것 같구만."

노인과 대화를 나누는 사이에 모용찬과 추일엽의 대결은 끝나가고 있었다.

까깡!

"큭!"

추일엽의 손등이 베어져 나갔다.

무려 칠성의 공력을 사용했음에도 모용찬의 검을 막을 수가 없었다. 살아 움직이는 것처럼 부드럽게 움직인 검이 휘어져 추일엽의 공격을 튕겨내고 손등에 상처를 남긴 것이다.

"네놈! 감히!"

손을 움켜쥐고 물러난 추일엽이 모용찬을 매섭게 노려보았다. 이렇게 된 이상 십이성의 공력을 사용해서라도 놈을 꿇려야만 했다. 이대로 물러나기에는 자존심이 용서하지 않았다. 문제는 자신이 가진 공력으로 모용찬을 누를 수 있을까 하는 의문이었다.

"우리가 돕겠네!"

"그래. 감히 실력을 감추고 덤비다니! 비열한 놈이 아닌가!"

추일엽과 함께 있던 검정의 무인들이 검을 뽑아 들고 그의 옆에 섰다.

그들로서도 이름조차 알려지지 않은 모용찬에게 자신들의 우두머리가 진다면 그것은 수치나 다름없었다.

"멈춰라!"

그러나 그들은 들려온 일갈에 행동을 멈출 수밖에 없었다.

"네놈들이!"

대결을 지켜보고 있던 강인환과 청풍명월의 무인들이 모용찬을 돕기 위해 나선 것이다.

"더 이상은 우리도 봐줄 수가 없다. 승패를 인정하지 못하고 단체로 나서다니, 검정의 이름이 부끄럽지도 않은가!"

천풍태가 검정의 무인들에게 나무라듯이 외치자 지켜보고 있던 무인들이 그를 옹호하고 나섰다.

뿌드득.

모용찬과 청풍명월 무인들의 득세가 마음에 들진 않았지만 이미 대세가 기운 싸움이었다.

"두고 보자."

추일엽은 매서운 눈으로 모용찬을 노려보며 검을 거두었다. 화가 났지만 어쩔 수 없이 몸을 돌릴 수밖에 없는 일이었다.

"와아아아!"

검정의 무인들이 물러나고 나자 무인들이 모용찬을 향해 환호성을 질렀다.

새로운 무인의 탄생은 항상 사람들의 관심을 받게 마련이었고, 너도나도 '모용찬'이라는 이름과 얼굴을 기억하기 위해 그의 주위로 몰려들었다.

"자네 친구가 이겼군. 무당파에 전기봉(展旗峰)이라는 곳이 있으니 그리로 오면 될 것이네."

노인은 히죽 웃으며 자리에서 일어나자 무명이 엉거주춤하게 따라 일어났다.

"전기봉에서 보도록 하지."

"알겠습니다."

2

무당산의 천주봉마저 어둠에 가려질 정도로 늦어버린 시각.

무명과 모용찬이 무당산의 끝자락에 위치한 전기봉의 위험천만한 계단을 오르고 있었다.

"아니, 도대체 누구를 만나기로 한 것입니까?"

모용찬이 투덜거렸다.

"글쎄요. 저도 아직 누구인지는 잘 모르겠습니다. 단지 제가 만난 이들 중에는 가장 강한 분인 것만은 확실합니다."

"예? 가장 강하다구요?"

"예."

"도존 사한성님이나 사흑련주 방시혁보다요?"

"아마 그럴듯합니다."

"설마?"

"글쎄요. 느껴지는 기세만은 더욱 강했습니다."

무명의 대답에 모용찬은 걸음을 멈추고 말았다.

도대체 누구를 만나러 온 것이기에 그가 이런 말을 한단 말인가? 이제껏 무명과 함께해 온 자신이었다. 그가 만난 사람들 중 약하다 표현할 수 있는 이는 아무도 없었다. 한데 그들보다 강할지도 모른다니.

무명의 말에 잔뜩 긴장한 모용찬은 가까스로 전기봉의 끝에 다다를 수가 있었다.

"기다리고 계십니다. 어서 오르시지요."

계단의 끝에는 날카로운 기세를 갈무리한 무인들이 둘을 기다리고 있었다. 검은 흑포를 드리운 무인들은 한 줄로 늘어선 채 봉우리 위에 지어진 정자를 호위하듯이 서 있었고, 정자 위에는 낮에 만났던 노인이 고심하는 듯한 표정으로 바둑판을 바라보고 있었다.

"가시지요."

자신을 안내한 무인은 대략 사십대 중반으로 보이는 중년인이었다. 그의 공손함이 노인에 대한 궁금증을 더욱 증폭시켰다.

그의 안내를 따라 정자에 도착한 무명과 모용찬은 노인의 심각한 표정으로 인해 쭈뼛거리며 기다릴 수밖에 없었다.

"주군, 도착했습니다."

"음……."

중년 무인의 부름에 노인이 대답하지 않고 올라오라는 손짓을 했다.

무명과 모용찬은 조심스럽게 정자 위로 올라가 앉았다. 노인은 한참 동안이나 바둑판을 쳐다보면서 수십여 번이나 인상을 바꾸었다.

"거참, 정말 짜증이 나는군."

"예?"

노인의 투덜거림에 무명이 고개를 들었다.

"아, 자네에게 한 말이 아닐세. 예전 벗의 수를 아직도 깨지 못하고 있어서 말이야. 그보다 자네 바둑 둘 줄 아는가?"

"예?"

뜬금없이 바둑이라니.

"바둑 말일세."

"예. 조금 둘 줄은 압니다만……."

"한번 둬보겠나?"

"괜찮으시다면……."

"옳거니, 잘되었네. 아직 기다리는 놈이 오지 않아서 무료했는데 잘되었군그래."

노인은 기다렸다는 듯이 돌을 걷어내고는 무명을 쳐다보았다.

낮 동안 느꼈던 패도적인 기세는 씻은 것처럼 사라져 있었고, 이제는 만물을 포용하듯이 온화한 기세가 느껴져 왔다.

'독특한 노인이군. 사람의 기세가 이리도 극명히 달라질 수 있다니…….'

무명은 담담하게 노인을 쳐다보면서 자신에게 건네진 백돌을 잡아갔다.

"자, 그럼 내가 흑돌이니 먼저 두겠네."

딱.

잔잔한 다향과 함께 대국이 시작되었다.

운학서원의 소학이라는 이름으로 불릴 정도로 뛰어난 학식을 가지고 있는 무명은 제법 뛰어난 바둑 실력이 있었지만 노인의 상대는 되지 않았다. 학문을 손에서 놓은 지 벌써 몇 해던가.

아무리 천재라는 이름으로 불렸다 해도 노력이 뒤를 받쳐주지 않으면 그 재능을 살릴 수가 없는 법이다.

말없이 돌을 놓아가던 무명은 수세에 몰림과 동시에 가슴이 답답해져 옴을 느꼈다.

"허, 내가 이겼구만. 제법 제대로 배운 듯한데 수를 쓸 줄을 모르는군그래?"

"예. 오랜만에 두어서… 실력이 낮아 상대가 되지 못했습니다. 죄송합니다."

"아닐세. 오랜만에 정공법을 보는 듯해서 기분이 좋군그래. 좀 둔다는 놈들은 죄다 꼼수만 늘어서 재미가 없었는데 말이야."

"그렇습니까?"

"암. 자, 다시 한 번 두어보세. 대충 실력을 보니 자네가 아홉 점을 깔아야 할 듯한데… 괜찮겠는가?"

"예, 그래 주신다면 감사하겠습니다."

무명은 사양하지 않았다. 첫 번의 패배로 조금 오기가 생겼고, 승부욕이 끓어올랐기 때문이다.

"좋구만, 그럼 시작하지."

딱.

딱.

무명이 노인과 바둑을 두는 동안 모용찬은 아무런 말도 하지 않고 눈치만 살폈다.

"부득탐승(不得貪勝)을 잊지 말게. 너무 이기려 한다면 이기지 못하는 것이네. 마음을 비우고 임하게."

딱.

두 번째 패배.

무명은 비록 패배했으나 노인의 가르침을 마음 깊이 되새기고 있었다.

"다시 두겠습니다."

"좋은 자세네. 패배를 두려워하지 않는 것 또한 중요하지."

딱.

세 번째, 네 번째의 대국이 시작되고, 무명은 서서히 그 안에 빠져들고 있었다. 처음에 아홉 점을 깔아두었던 바둑은 판이 더해갈수록 그 수가 줄어들었고, 노인의 자세 또한 신중해졌다.

딱.

"후, 자네, 제법이군. 두면서 실력이 급격히 느는 사람은 처음일세."

"다시 두시겠습니까?"

"또?"

"예."

"허허, 무리한 승부욕일세."

"그렇습니까?"

"하나 좋네. 자꾸 늘어가는 자네를 보니 오히려 더 기분이 좋구만. 오히려 내가 부탁하고 싶은 심정일세."

"감사합니다."

딱.

또 한 번의 대국이 시작되었다. 노인의 흑돌이 놓이고, 한참여 만에 무명의 백돌이 놓였다.

"음……."

첫돌에 불과했지만, 노인의 미간이 찌푸려졌다.

노인이 물끄러미 무명을 바라보았다.

'도대체 어떤 놈일까? 무림에 이만한 놈이 있다는 말은 듣지 못했는데…….'

무명의 몸에 작은 변화가 일어나고 있었다.

그 변화는 바로 기백.

좀 전까지는 부드러웠던 그의 두 눈이 깊이를 알 수 없을 만큼 칙칙하게 가라앉았다.

"다시 두세."

"예?"

아직 한 수밖에 두지 않았는데 다시 두자니?

"넉 점을 깔아주고는 자네에게 이기기 힘들 것 같구만. 다시 두세."

노인은 피식 웃으면서 돌을 걷어냈다.

"몇 가지 더 가르쳐 주지. 바둑의 격언에는 수만 가지가 있지. 그 하나가 기자쟁선(棄子爭先)일세. 바로 몇 점을 희생하더라도 선수를 잡는 것이 중하단 말일세. 즉, 버릴 줄 알아야 큰 것을 얻을 수 있다는 말이지. 이는 소탐대실(小貪大失)이나 사소취대(捨小取大)와도 비슷한 말이지."

"새겨듣겠습니다."

딱.

벌써 열 번째의 바둑판이 시작되었다.

"좋군."

무명의 한 수는 나무랄 곳조차 없었다. 처음의 모습과는 다르게 무명의 실력이 일취월장하여 청출어람의 모습까지 보여주고 있었다.

시간이 흐르고, 백돌과 흑돌의 진형이 서로를 견제하듯이 바둑판을 가득히 채워갈 무렵, 전기봉의 정상으로 또 다른 누군가가 날아들었다.

"도장을 뵙습니다."

갑자기 나타난 이로 인해 잠시 경계의 자세를 갖추던 호위들은 상대가 누군지 알아보고는 공손히 게 물러났고, 무명과 모용찬을 안내했던 수장이 급히 다가갔다.

"금 호법이군. 아직도 저놈의 호법을 서고 있는가?"

나이 지긋한 도사가 장난스럽게 말을 건넸다. 만약 그가 아닌 다른 자가 놈이라 함부로 표현했다면 정자의 호위를 서고 있는 무인들에게 순식간에 난자당했을 것이다. 또한 무엇보다 자신의 검이 그를 가만히 둘 리 없었다. 하지만 상대는 자신의 힘으로는 어찌하지 못할 만큼 강한 자였고, 자신의 주군을 제외한다면 가장 존경하는 두 명 중 한 명이었기 때문에 웃음으로 화답하며 말했다.

"예. 당연한 말씀입니다. 죽을 때까지 모셔야지요."

"자네도 참… 나이 쉰이 넘었거늘, 이제는 좀 쉬면서 손자의 재롱을 볼 때도 되지 않았는가?"

"농으로 듣겠습니다."

"거참, 말귀를 못 알아듣는구만. 알아서 하시게나. 한데 이 친구는 어디 있는가?"

"위에 계십니다. 오르시지요."

호위의 안내를 받아 정자 위로 오른 도사는 오래전 기억 속에서 보았던 익숙한 광경에 걸음을 멈추었다. 정자 위에 앉은 자신의 벗은 심각한 표정으로 바둑판에 집중하고 있었다.

"허참, 오랜만일세. 저 친구가 대국에 저리도 집중하는 것
은 그 사람 이외에는 처음 있는 일이군그래."

"예."

"누군가, 저 청년은?"

"저희도 잘 모르겠습니다."

"몰라?"

"예. 주군께오서 그냥 데려오라고만 하셔서……."

노도사가 어이없다는 듯 중년 무인을 쳐다보았다.

그가 모른다는 말이 잘 이해되지 않았기 때문이다. 노도사
가 알기로 이제껏 신분이 불분명한 자가 자신의 벗인 정자 위
의 노인 옆으로 접근한 적이 있었던가? 결론은 없다였다. 처
음에 자신도 그와 만나기 위해 중년 무인을 비롯한 삼십여 명
의 호법을 제쳐야만 했다. 노도사는 정자 위 노인과 함께한
청년을 궁금증이 가득한 눈으로 쳐다보았다.

"허, 희안한 일이구만. 몸 안에 내공이 하나도 느껴지지 않
아 보이는 문사인데. 그가 미쳤다는 말은 들은 적이 없는데…
거참."

노도사가 천천히 정자를 올랐다.

정자의 계단에 서 있던 모용찬은 도사가 지나가도록 자리
를 비켜주었다. 모용찬은 노도사가 나타나는 순간부터 잔뜩
긴장해 있었다. 그의 신분이나 이름은 알지 못했으나 눈이 있

고, 느낌이라는 것이 있는데 노도사의 선명할 정도로 청량한 선기를 느끼지 못할 리 없었다. 분명 엄청난 선도의 경지에 든 도사임에 틀림없었다.

"네 녀석은?"

모용찬이 노도사의 흘낏거림에 급히 대답했다.

"모, 모용찬이라고 합니다."

"호오, 모용찬이라… 제법이구나. 모용가에서 뛰어난 놈을 배출해 냈어."

"감사합니다, 어르신!"

"감사는 무슨. 기운을 보니 아직 완연하게 여물지는 못했구나. 하니 더욱 정진하거라."

"예! 명심하겠습니다."

노도사의 정체를 알 수는 없었지만 공손하게 대답하지 않으면 안 될 것 같은 기분이 들었다.

"네 녀석도 기다리는 것이냐?"

"예? 예."

"그럼 저 청년의 동료인 모양이구나."

"그렇습니다."

"어떤 놈이냐?"

"예? 무슨?"

"쯧쯧, 젊은 놈이 어찌 그리 말귀가 어두운 게냐. 네 동료라는 녀석 말이다. 어떤 놈이냐고?"

"아, 무명이라고 하옵고, 무림에서는 풍룡이라 불리고 있습니다."

"풍룡?"

"예."

"풍룡이라… 한동안 세속을 떠나 있었더니 알지 못하겠구나. 무인으로 보이지 않는다만… 풍룡이라……."

"……."

노도사는 모용찬의 말에 고개를 끄덕이며 다시금 무명을 쳐다보았다.

풍룡이라는 거창한 무명(武名)으로 불릴 만큼 뛰어나 보이지는 않았다. 물론 자신의 벗을 마주할 정도의 기백은 대단한 것이었으나 겉으로 보기에는 전혀 무공을 익히지 않은 것처럼 보이기도 했다.

딱.

노도사와 모용찬이 대화를 나누는 사이에 바둑판은 어느덧 종반으로 치닫고 있었다.

"허, 이것참."

노인이 무명의 얼굴과 바둑판을 번갈아 쳐다보면서 고개를 절레절레 흔들었다. 무려 다섯 집 반의 차이로 이기고 있었는데, 어느 순간 반 집 차로 따라붙었다. 더구나 대마가 걸려 있는 상황이니 어디에 돌을 두어야 할지 난감했다.

"거참."

첫판을 둘 때만 해도 아홉 점을 내어주고 이겼는데, 고작 열 판 만에 전세가 뒤집힐 지경이 아닌가. 전설에나 나오는 석가모니가 기는 것으로 시작해 열 걸음에 두 발이 되어 '천상천하유아독존'이라 외쳤다 하더니, 지금 무명이 그 짝이 아닌가. 자신이 바둑을 둔 것은 삼십 년이 넘는다. 더구나 최고의 국수라 불러도 손색이 없는 컷에게 사사하다시피 한 실력이다. 무명과 열 판을 두며 발전하는 그의 모습을 보지 않았다면 속았다는 생각이 들 정도였다.

"자네, 정체가 뭔가?"

"예?"

"어찌 열 판 만에……."

"하하……."

얼굴을 잔뜩 구긴 노인이 흑돌을 만지작거리면서 고심했고, 무명은 어색한 미소를 흘리고 있었다.

"이보게, 제법 적수를 만난 겐가?"

"엉?"

한참을 지켜보고 있던 노도사의 부름에 노인이 고개를 돌리고는 반가운 미소를 지었다.

"허, 자네, 언제 왔나? 시간을 지키지 않는 건 세월이 흘러도 여전하군그래."

"시간을 지키지 않다니? 온 지 한참 되었네. 둘이 하도 심

두 가지 깨달음 217

각하여 곁에서 구경만 하고 있었지. 그보다 자네가 대국에서 그리 고전하는 것은 오랜만이군그래."

"아, 그런가? 허허."

허허롭게 웃는 노인을 지나쳐 노도사가 무명을 쳐다보자 무명이 일어나 공손하게 인사를 하며 살짝 물러났다. 노도사는 여전히 무심한 눈으로 무명을 쳐다보았다.

'누굴까?'

무명의 눈에 노도사의 모습은 신비롭기 그지없었다. 피부를 통해 느껴지는 느낌이 너무도 부드러웠다.

'굉장한 사람들이다. 스승님과 같은 기도를 지닌 사람들이 둘이나……'

무명은 놀랍기 그지없었다.

살갗이 아려올 정도로 강렬한 기운의 노인과 곁에 있는 사람의 마음마저도 편안하게 하는 기도를 지닌 노도사. 도대체 이들은 어떤 인물들이란 말인가?

"제법인 모양일세. 자네가 그리 고전하는 것을 보면 말이야."

"그렇다네. 두다 보니 이리되었네. 허허."

"이런이런. 대마가 잡히게 생겼네그려?"

"흐흠……"

노도사는 바둑판을 유심히 바라보았다. 제법 한 수가 있는 놈인 모양이었다.

"끝까지 두시게. 괜히 방해했네그려."

"아, 그래야지."

노인은 다시금 바둑판으로 시선을 돌렸고, 무명이 그 앞에 앉았다. 노도사와 모용찬은 그 곁에서 숨을 죽이고 둘의 승부를 바라보았다.

한참의 승부는 결국 대마가 잡힌 노인의 패배로 끝이 나버렸고, 노인은 무명에게 후에 다시 둘 것을 약속받고서야 바둑판을 접었다. 바둑이 끝나고 무명과 모용찬은 두 노인과 함께 호위들이 준비해온 차를 마셨다.

"그래, 어쩐 일로 무림에 다시 나온 게야?"

노도사의 물음에 노인이 피식 웃었다.

"글쎄, 그냥. 재미있을 듯해서 말이야."

"설마, 그 친구와의 약속을 잊은 것은 아니겠지?"

"아닐세. 무림에 나왔다고 해서 다시금 세력 다툼에 관여할 생각은 없어. 어차피 겸이에게 맡겨두었고 말이야."

"뭐라고? 그럼 교주 위를 넘겼단 말인가?"

"그래, 그리되었지."

"허, 별일이네. 하지만 그리되면 겸이 그 아이가 무림에 관여하는 것이 아닌가."

"아니야. 내 보기에는 그러지 못할 것이네."

"어째서?"

"허허, 그게… 청해성에 엄청난 괴물이 들어왔거든."

"괴물?"

"그렇다네. 하마터면 자네 얼굴도 못 볼 뻔했지 뭔가."

"……."

아무렇지 않게 말하는 노인의 모습에 노도사가 어이없다는 표정으로 쳐다보았다. 얼굴을 못볼 뻔하다니, 설마 그가 목숨을 위협받을 정도의 강자를 만났단 말인가? 자신이 아는 한 그가 떠난 이후로 아직 노인을 상대할 수 있을 만큼 강한 자는 무림에 없다고 확신했다.

"도대체… 어떤 놈이기에?"

"글쎄, 하여간 엄청난 놈이었네. 지금은 청해성에 웅크리고 있네만 조만간 무림이 한번 뒤집어엎어질 게야."

노인은 기억속의 한 인물을 회상하며 흐뭇한 미소를 지었다. 노도사는 그 모습에 호기심이 생겨났다. 도대체 누구이기에 자신의 벗이 저런 표현을 하게 만든단 말인가? 지난 삼십년 동안 또 다른 벗을 제외하고 그의 관심을 끌었던 자가 있었단 말인가.

"에잉, 그런 놈이 있으면 미리 연락을 하지 그랬나. 재미는 혼자 보고……."

노도사의 나무람에 노인이 피식 웃었다. 도를 닦는답시고 섬서의 산속에 웅크리고 있었던 노도사 역시 예전 성격을 버리지 못한 모양이었다.

"필요하면 자네가 한번 가보시게. 청해성을 조금만 휘저어

놓으면 만나게 될 게야. 내가 보기에는 제 영역을 어지럽히는 놈들에게 관대한 성격은 아닌 것으로 보였거든."

"그래? 흐흠."

노도사는 잠시 '해볼까?' 하는 생각으로 고개를 주억거렸다.

"아, 그보다 이놈은 누군가? 듣자 하니 금 호법도 정체를 모르겠다 하던데?"

노도사가 이제껏 둘의 대화를 듣고만 있던 무명을 가리키며 묻는다.

"아! 이놈? 허허, 글쎄? 근래에 내 관심을 끈 두 번째 인물이라고 해야 하나?"

"두 번째?"

"그래. 처음 봤을 때부터 조금 독특하다 생각했는데, 대국을 해보았더니 정말 사람을 놀래키는 재주가 있는 놈이더구만."

"그래?"

노도사가 믿기지 않는 듯이 무명을 쳐다보았다.

"풍룡이라 불린다고 하더구만."

"풍룡? 그런 것인가? 흐흠, 그런 것이구만. 어쩐지……."

노도사의 말에 노인이 대충 예상한 듯이 고개를 끄덕였다.

"뭐야, 알고 있었던 것인가?"

"아니야. 대충 그럴 것 같다 예상했지."

산에 처박혀 있는 노도사와는 달리 노인은 무림 정세에 대한 정보를 듣고 싶지 않아도 들을 수밖에 없는 위치에 있었다. 모용세가와 흑사방과의 사건을 이미 들어 알고 있던 터였고, 그 사이에 풍룡이라는 새로운 무인이 끼어 있음을 모르지 않았다.

"무명이라고 합니다."

무명이 노도사를 향해 공손하게 인사했다.

"오냐, 그래도 예의는 아는 놈이렷다."

"암, 그러지 않으면 내가 이곳에 초대했을까."

"그렇겠지. 한데 어찌 데려왔는가? 비무라도 해볼 셈인가?"

"아닐세. 비무는 무슨. 내 실력으로는 도저히 저 아이의 내력을 알 수 없을 듯해서 한번 보여달라 청한 게지."

"호기심인 게로군. 하긴, 나도 저 아해의 내력이 궁금하기는 하네."

노도사가 무명을 쳐다보았다.

"그럼, 일단 자네와의 이야기는 뒤로하고 저 친구의 내력부터 살펴보도록 하지."

노인이 노도사의 말에 동조하며 무명에게로 관심을 돌렸다.

무명은 두 노인의 관심에 화답하듯이 빙그레 웃으면서 자리에서 일어났다.

"하나만 여쭈어도 되겠습니까?

"응?"

"……."

무엇을 물을지 궁금한 마음에 두 노인이 무명의 얼굴을 바라보았다.

"제가 잘못 보지 않았다면 혹여, 마교의 교주님과 송학 도장이 아니신지요?"

우당탕!

담담하기만 한 무명의 말에 노인과 호법들은 별 반응이 없었지만 밑에서 귀를 기울이고 있던 모용쳔이 깜짝 놀라 계단을 뒹굴어 떨어지고 말았다.

설마 마교의 교주와 송학 도장이라니, 고금 무림의 절대자인 그들이 어째서 이곳에 있단 말인가. 더구나 자신의 눈앞에서 두 괴물을 만나게 될 줄은 상상도 하지 못했던 일이 아닌가.

"우리를 아는가?"

"맞네. 내가 송학일세."

양학명과 송학 도장은 담담하게 자신들의 신분을 밝혔다.

"그럴 것이라 생각했습니다."

무명은 송학 도장이 나타난 순간부터 짐작했던 자신의 예상이 옳았다 생각하고 공손하게 두 노인을 향해 절을 올렸다. 갑작스러운 무명의 예의에 두 노인은 의구심이 들었다.

"말학 무명이 스승님의 두 벗인 양 교주님과 송학 도장을 뵙습니다."

"……?"

"……?"

무명의 말이 이해되지 않았던 양학명과 송학 도장은 서로의 얼굴을 쳐다보다 다시금 무명을 쳐다보았고, 이내 그들의 얼굴은 놀람으로 조금씩 상기되기 시작했다.

"뭐라고? 설마?"

"설마 네가?"

"예, 스승님의 함자가 장 씨 성에 영 자를 쓰십니다."

"뭣!"

"헉!"

"컥!"

담담한 무명의 목소리에 양학명, 송학 도장을 비롯한 전기봉의 모든 무인들이 흡사 사레라도 걸린 것처럼 놀람성을 토했고, 모용찬은 딸꾹질마저 생겨 버렸다.

"무황! 그의 제자란 말이냐?"

양학명이 두 눈을 부릅뜨며 자리에서 벌떡 일어났다.

얼마나 놀랐는지 엉거주춤하게 일어난 그의 두 손이 잘게 떨리고 있었다.

"그러합니다."

"……."

양학명과 송학 도장은 이제껏 이렇게 놀란 적이 있었던가를 고민할 정도로 깜짝 놀랐다. 천지무황 장영의 제자라니, 무슨 개 풀 뜯어 먹는 소린가? 그가 제자를 두었단 말인가? 평생을 가도 제자는커녕 혈육조차 남기지 않을 것이라 생각했던 그가 제자라니……

"허참……."

"거참……."

두 노인이 자신의 얼굴을 번갈아 바라보면서 옅은 탄식을 흘려내자 무명은 가만히 앉아 그들이 말을 뗄 때까지 기다렸다.

"정말 천지무황 장영, 그 친구의 제자란 말이냐?"

"예."

송학 도장이 좀체 믿을 수가 없는지 다시금 물어왔다. 그리곤 담담하게 대답을 하는 무명의 표정을 보니 이내 거짓이 아니라 판단하고 고개를 주억거렸다.

"그렇구만. 한데 어찌 네 몸에 아무런 기도도 느껴지지 않는단 말이냐? 처음 너를 보았을 때 혹시나 싶어 기를 흘려내보았다만 아무런 기운도 느껴지지 않았다. 흡사 단전이 없는 것처럼 말이지."

송학 도장의 말에 양학명이 동조하듯이 고개를 끄덕거렸다.

"그럴 것입니다."

"그럴 것이다?"

무명이 의외로 쉽게 수긍하자 송학 도장과 양학명이 고개를 갸웃거렸다.

"혹, 네가 말한 승풍취천의 수련법과 관련이 있는 것이더냐?"

"예."

"승풍취천? 그건 또 무언가?"

"스승님이 가르쳐 주신 수련법입니다."

"그가?"

"예."

"호오, 그래?"

다른 사람도 아닌 천지무황이 제자에게 가르친 수련법이다. 고민해 봐야 자신들은 절대 알 수가 없었다. 원체 기행이 많았던 이가 아닌가. 백문이 불여일견이라 했다. 들어 이해하기보다는 무명을 통해 보는 것이 더욱 나을 것으로 생각되었다.

"스승님조차 이루지 못했던 수련법이라 했습니다."

"천지무황도?"

"설마 그것을 자네가 이루었단 말인가? 말도 안 되는 소리!"

무명의 말에 양학명과 송학 도장이 강력하게 반발해 왔다. 당연한 일이었다. 그가 이루지 못했는데 어찌 그 제자가 이룰

수 있단 말인가. 하지만 무명은 그들의 반응을 충분히 이해할
수 있었다.

"아, 제 말뜻을 잘못 이해하셨군요. 이루지 못했다는 것은
제가 잘나서 그런 것이 아닙니다. 보통의 무인들처럼 단전을
가지고 있다면 절대 이룰 수 없다고 하셨지요."

"보통의 단전?"

"예. 느끼셨겠지만, 저는 단전이 없습니다. 내공이라고는
한 줌도 없고요."

그제야 양학명과 송학 도장이 고개를 끄덕였다. 역시 자신
들이 느낀 것이 정확했다. 다만 밑에서 귀를 기울여 듣고 있
던 모용찬만이 고개를 갸웃댈 뿐이었다. 단전과 내공이 없다
면 세가에서 보여주었던 신위나 사흑련주와의 비무에서 보여
준 힘은 도대체 무엇이란 말인가. 하지만 그 질문을 양학명이
대신해 주었다.

"내공과 단전이 없이 어찌 모용세가에서 일을 일으킨 것이
냐? 듣자 하니 수십여 명의 무인을 일수에 꿇려 버렸다 하던
데……."

"뭐라고? 그런 일이 있었단 말인가?"

"그래. 수하들에게 듣기로는 그랬지."

양학명이 사실을 확인하듯이 금만생을 쳐다보자 금만생은
자신이 알고 있는 바와 다르지 않다는 뜻으로 고개를 끄덕거
렸다.

"음, 어쩔 수 없군요. 보여 드려도 될는지?"

"우리야 좋지. 안 그런가?"

"암. 그가 말년에 만든 수련법이니 보고 싶은 게 당연하지."

"아, 스승님이 만드신 게 아닙니다."

"아니라고?"

"예. 과거 스승님께서 무극을 쫓으실 때 장백산 어귀의 비문에서 발견했다 하셨습니다."

"장백산이라……."

무명의 말에 팔짱을 끼었던 송학 도장이 고개를 끄덕였다.

"하긴, 그쪽에 있는 놈들은 가끔씩 듣도 보도 못한 방법으로 수련을 한다는 소리는 들었지."

"그럼 보여 드리겠습니다. 일단은 자리가 자리이니 정자 밖으로 나가겠습니다."

"좋네."

무명은 정자를 걸어나와 전기봉의 공터에 자리를 잡았고, 노인들을 비롯한 무인들은 그를 위해 자리를 비켜주었다.

무명은 가볍게 숨을 내쉬며 눈을 감았다.

휘이잉.

바람이 스치고 지나갔다.

산의 정상이라 그런지 지상에서 느끼는 것보다 더욱 선명하게 바람의 길이 온몸을 통해 느껴져 왔다. 들숨을 통해 바람이 풍기는 고유의 내음이 느껴졌고, 날숨을 타고 몸 안에 쌓였던 탁기가 씻겨 나가는 기분이 들었다.

'좋은 바람이군.'

무명의 얼굴에 미소가 어리자 지켜보는 이들은 앞으로 일어날 일에 조금 긴장한 얼굴로 마른침을 삼켰다.

휘이이이.

한참을 바라보는 중에도 무명의 몸에는 아무런 변화도 일어나지 않았다.

"원주님, 뭐 하는 것이죠?"

"글쎄……."

무인들은 시간이 지나도록 어떠한 변화도 느끼지 못하자 작은 목소리로 수군댔다. 양학명의 호법원주 금만생마저도 고개만 갸웃거릴 뿐이었다.

"이, 이럴 수가!"

"음, 인간이 어찌!"

그 자리에서 변화를 눈치챈 것은 송학 도장과 양학명뿐이었다. 얼굴은 딱딱하게 굳어 있었고, 두 눈은 부릅뜨여져 있었다. 하지만 다른 이들은 그들의 반응이 의문스러울 뿐이었다.

휘리링!

그 순간 전기봉의 정상에 갑작스러운 바람이 몰려들었다.

평소와 다를 바가 없는 산 위의 돌풍이지만, 그 중심이 무명이라는 것이 달랐다. 거세진 바람이 무명의 몸을 향해 미친 듯이 빨려들며 그의 의복이 찢어질 듯이 펄럭거리기 시작했다.

"모두! 몸을 지탱해라! 천근추다! 아니! 만근추다! 내력이 딸리면 온 힘을 다해서 바위라도 잡앗!"

바람의 기운이 심상치 않음을 느낀 양학명이 목에 핏대를 세우며 다급히 소리를 질렀다. 모두가 영문을 알지 못했으나 교주의 명이 내려지자 재빨리 그 명을 수행했다.

콰류류류류!

거세어진 바람은 폭풍으로 변해 전기봉의 정상을 향해 치달아 오르기 시작했다. 무당산 계곡을 불던 수많은 돌풍이 계곡과 산자락을 지나 엄청난 속도로 무명을 향해 빨려 들어갔다.

쩌적. 쩌저적!

바람을 이기지 못한 암벽과 나무들이 갈라지듯 비명을 만들어냈다.

"우웃!"

양학명은 엄청난 돌풍을 두 다리로 지탱하며 짧은 신음성을 흘렸다. 일성의 내력으로 충분할 줄 알았으나 이성, 삼성… 공력을 올려도 그 힘을 이겨내기가 벅찼다. 송학 도장의 얼굴이 일그러진 것을 보니 그 또한 상황은 마찬가지인 듯했다.

무명이 일으킨 바람은 지상에서보다 더욱 큰 힘을 발휘하고 있었다. 산정상의 돌풍이 더해진 덕분이었다.

으드득!

양학명의 노안이 깊은 주름을 만들며 일그러졌다. 자존심이 상한 것이다. 귀룡 주량과의 싸움에서 멋진 상대에 대한 호승심이 생겨났다면, 무명의 힘에는 자존심이 상했다. 아직 모든 힘을 보여주지 않은 듯한 무명의 모습에 그 힘을 예측할 수가 없었기 때문이다. 일그러진 얼굴로 주위를 보니 내력이 약한 수하들이 금세라도 바람에 휩쓸릴 것처럼 위태로워 보였다.

"젠장! 그만! 그만하게!"

결국 양학명은 무명에게 소리를 지르그 말았다.

휘류류류류!

양학명의 고함에 무명이 휩쓸려오는 바람을 몸 안에 담아 팔을 통해 흘려냈고 터져 나갈 듯이 응축된 채 회오리치는 바람의 기운을 하늘을 향해 뿜어냈다.

쿠르르르.

맑게 개였던 하늘이지만 승천하는 바람에 타고 몰려든 구름이 회오리를 만들었다.

"……."

"……."

바람이 잦아들자 전기봉에는 이전보다 더욱 고요한 정적

이 찾아들었다. 말로 표현하기도 힘든 가공할 무명의 힘에 모두가 입을 다물고 있기 때문이었다.

"휴, 죄송합니다. 아직 완전히 제어가 되질 않아서……."

무명이 부끄러운 듯이 볼을 붉혔으나 나서서 말할 수 있는 자는 아무도 없었다.

잠시 후.

무명은 두 노인과 함께 정자에 앉았다. 양학명과 송학 도장은 무명을 더 이상 벗의 제자나 후학 정도로 생각하지 않았다. 그것은 그가 가진 힘, 그리고 자신들과 동등한 강자에 대한 예우인 것이다.

긴 침묵을 먼저 깬 것은 송학 도장이었다.

"엄청난 힘이구만. 내 이전에도, 이후에도 본 적이 없었네."

"음, 승풍취천이라… 자네의 신위를 보니 그 말이 허언이 아님을 알겠네."

양학명은 송학 도장의 말에 수긍하며 고개를 끄덕였다.

"천지무황, 그가 매번 사람을 놀래키더니… 이제는 제자마저 그 자리를 이어받는 것인가."

허탈한 표정의 송학 도장이 허허롭게 웃었다.

"그래, 그만한 힘을 가지고 무림에 나온 이유가 무엇이던가?"

"무극을 좇고자 합니다."

"무극을?"

"예."

"자네는 스승과 같은 꿈을 꾸는 모양이구만. 하나 이미 자네가 가진 힘이면 대적할 자가 거의 없을 것인데?"

"아, 보여 드린 힘은 빌린 것에 불과합니다. 저는 깨달음을 얻기 위함입니다."

"무엇에 대한 깨달음인가?"

"무(武)에 대한 깨달음입니다."

"무에 대한 깨달음이라… 무엇이 무(武)인가?"

"예?"

"무극이라는 말은 무의 극한이라는 말일세. 무극이 있다 생각하는가?"

"……."

무명은 대답할 말을 찾지 못했다.

"무극이라는 것은 이상향이네. 도가에서 추구하는 우화등선 또한 이상향이기는 하나 무극의 이상향과는 다르지. 우화등선은 전설 속에 일부 존재하고 있으나 무극은 이제껏 단 한 사람도 이루지 못한 꿈일세. 신이라면 가능할지 모르지. 아무도 보지 못한 것을 어찌 도달하겠다 하는가?"

"음, 하나 아무도 도달하지 못했기 때문에 더욱 도달해 볼 가치가 있지 않겠습니까? 저는 계속해서 구극을 좇을 생각입니다."

"흠, 그렇다 하면 말리지는 않겠네. 하면 그 무극을 어찌 좇을 생각인가?"

"글쎄요. 아직은 잘 모르겠습니다. 그저 발길이 닿는 대로 떠돌며 선행자(先行者)들에게 가르침을 받고자 함입니다."

"선행자라… 그 안에는 나도, 저 친구도 포함되겠구만."

"그렇습니다."

양학명은 두 사람의 대화를 듣고만 있었다.

"한데 어찌 무림에는 나서지 않는가? 내 알기로는 모용세가와의 일은 고작 인연이 닿았기 때문이라 들었는데?"

"예. 무림에는 나서지 않을 생각입니다. 저는 단지 구도(求道)할 뿐이지요."

"구도라… 허허, 자네는 무언가 잘못 생각하고 있구만. 이보게, 책 속에 모든 지식이 있다 생각하는가?"

"예?"

"책 속에 모든 지식이 있지는 않다네. 책이란 필자의 경험 속에서 만들어진 지식에 불과하고, 그 지식 또한 경험과 필자의 깨달음에서 비롯한 것이지. 이른바 죽은 지식이라네."

무명이 고개를 끄덕였다.

충분히 이해되는 말이었다.

"자네의 경우도 죽은 깨달음에 불과할 뿐이라네."

"예?"

"어찌 홀로 세상을 다 안다 할 수 있겠는가. 오물통에 굴러보지도 아니하고 오물의 더러움을 아는 것은 고작 머릿속에 존재하는 얕은 지식에 불과하네. 경험하지 않는다면 어찌 안다 하겠는가. 무극을 쫓으며 무림과 동떨어져 깨달음을 얻겠다는 것은 잘못된 생각인 듯하네. 흔히들 그런 말을 한다네. 옥의 티라고."

"옥의 티……."

"사람들은 밝고 아름다운 옥으로 인해 티를 하찮다 여기고, 옥의 아름다움을 가린다 하여 안타까움을 내뱉지. 하지만 티 속의 옥은 오히려 사람들로부터 추앙을 받게 마련이라네. 무도를 쫓고자 한다면 티의 옥이 되시게. 티와 섞여 있지도 않은 옥이 티를 하찮다 여겨서는 안 되는 것이네. 필시 자네는 스승으로부터 수많은 가르침을 받았을 터고, 수많은 깨달음을 얻었을 것이네. 하나 그것은 자네 스승의 깨달음에 불과하네. 어찌 그것이 자네의 깨달음이겠는가. 꽃을 보는 자가 백이면 백 가지 깨달음이 있다고 했네."

"……."

무명은 가만히 송학 도장의 말을 듣기만 했다.

"무림에 나서게. 그게 어떤 모습이든지, 무림에 가서 삼류 잡배의 무공부터 다시 보시게. 그리고 자네 스스로 깨달으시게. 높은 경지의 무만 본다 하여 큰 깨달음을 얻는 것은 아니네. 지나가는 소동으로부터도 삶의 지혜를 깨닫는 법이 아니겠는가."

물이 흐르듯이 이어나가는 송학 도장의 말을 무명은 가슴 깊이 새겼다. 어쩌면 스승이 떠나며 세상에 나가라는 것은 이런 뜻일지도 모른다는 생각이 들었기 때문이다. 이제껏 자신의 오만이 부끄럽게 느껴졌다.

송학 도장의 말이 끝나자 무명이 천천히 일어나 의복을 추스르고 공손하게 절을 올렸다.

"필부의 오만을 깨뜨려 주신 가르침에 감사드립니다."

"……."

송학 도장은 무명의 절을 받으며 환하게 미소를 지었다. 자신의 말을 알아들었음이니 어찌 기쁘지 않을 것인가.

무명과 모용찬이 한참 동안 한담을 나누는 동안 조용히 듣기만 하던 양학명이 무명을 향해 말을 했다.

"이보게, 무명."

"예."

"대충 이야기가 끝난 듯한데, 한번 싸워보지 않겠나?"

"예?"

"하하, 나는 원래 말주변도 없고, 저 친구처럼 높은 도의 경지를 설명할 만큼 수양이 된 사람도 아니네. 자고로 무인은 주먹으로 의사를 전달한다는 말이 있지 않은가. 어떤가, 나와 내공없이 비무를 해보는 것은?"

무명의 눈에 비친 양학명은 마치 가지고 싶은 것을 향해 달려드는 아이와도 같았다. 그 모습에 무명이 싱긋이 웃었다.

"원하신다면."

"옳커니! 자, 내려가세나! 애들아, 자리를 만들거라!"

무명의 수락에 신이 난 양학명이 서들러 일어나서 정자를 내려갔고, 그런 양학명의 모습에 송학 도장이 고개를 절레절레 흔들었다.

第七章
척일도 시해(弑害)

武林君子
무림군자

섬서성 태원(太原).

날이 저물자 수많은 사람들이 성내르 들어가기 위해 성문에 즐비하게 줄을 서 있었다. 성문을 지키며 지나는 이들의 호패를 검사하고 짐을 수색하는 개찰포교들과 몸싸움을 하기도 하고 뇌물을 바치기도 했다.

개찰포교들에게서 조금 떨어진 곳.

성벽 근처에서 쭈그리고 앉아 있던 거지 떼 중 나이 지긋해 보이는 걸인이 동냥 바가지를 손에 들고는 성문 쪽을 바라보면서 재미있다는 듯한 표정을 지었다.

"세상의 관리 놈들은 여전히 떡고물을 좋아하는구만. 쯧쯧."

꾀죄죄하게 땟국물이 흘러나올 듯한 얼굴에 누더기를 기워 만든 옷을 입은 그는 잠시 동안 성문 쪽을 바라보다, 정신없이 밥을 주워 먹고 있는 거지들을 향해 시선을 돌렸다.

"취아, 어떠하더냐, 네가 보기에는?"

낮은 음성으로 물은 그의 말에 걸인들 틈에 있던 한 여개(女丐)가 고개를 들어 올렸다.

"뭐가요? 쓸데없는 질문하지 말고, 배고픈데 밥이나 드세요."

대수롭지 않게 말하는 그녀의 얼굴에는 밥풀이며 음식찌꺼기가 잔뜩 묻어 있었다.

"쩝……."

그 모습에 질문을 던진 걸개가 물끄러미 취취를 바라보다가 입맛을 다셨다.

"에이그, 이년아, 그래도 여인네인데 그게 뭐냐?"

"여인이요? 빌어먹는 거지년이 그따위 걸 알 게 뭐랍니까? 굶어 죽지나 않으면 다행인 것이지. 오결 어른, 안 드시면 우리가 다 먹습니다."

취취는 관심없다는 듯한 손짓을 하고는 다시금 동냥 바가지로 고개를 돌려 버렸다.

"쯧, 무릇 소방주란 년이 체통없이… 으이그."

그의 이름은 오결(五結)이었다. 거지 떼들이 만든 조직인 개방에서도 제법 이름깨나 있는 장로 급의 신분인 자였다.

"와구, 와구, 쩝, 쩝."

"그나저나 조용하구만. 호북성에 폭도가 일었다고 하더니 말이야."

"쩝, 쩝. 냠, 냠."

달그락, 바각, 달그락, 달그락.

바가지 긁는 소리에 오결의 이마에 실낱같은 작은 힘줄이 돋아 올랐다.

"쩝, 쩝."

"이… 런 거지 같은 놈들……'

맛있게 먹는 소리가 들릴수록 오결의 이마에 돋아 오른 힘줄의 수가 늘어만 갔다.

"근데, 오결 어른은 배가 안 고프신가?"

"그러게? 소방주, 혹시 아까 따로 몰래 드신 거 아닙니까?"

"음, 하긴 좀 전까지도 배고프다고 난리치시던 분이니."

"시끄러워. 그냥 처먹어. 안 그래도 얼마 얻어 오지도 못했는데 안 먹어주면 더 좋지. 안 그래?"

"음, 하긴. 안 드신다는 분에게 굳이 권할 필요까지야."

빠직, 빠직.

걸인들은 몰래 수군거렸지만 귀 밝은 오결에게 들리지 않을 리가 없었다.

"에라이!"

와장창창!

결국 오결은 먹고 있던 동냥 밥그릇을 후려 차버렸다.

"이 거지 새끼들아, 배에 아귀가 들었냐! 개방에서 제일 뛰어나고 사람들로부터 개방칠걸이라 불리는 놈들이 이런 시기에 밥이나 처먹고 있는 게 말이 되냐! 앙?"

"이런 쌍! 밥 먹는데 왜 지랄이에요, 지랄이!"

"뭐야, 지랄? 이런 싸가지없는 년이!"

오결이 뒤집어엎은 밥그릇을 온 얼굴에 뒤집어쓴 취취가 이를 갈면서 대들었다.

"명색이 소방주라는 년이 화산파에서는 검룡이다 뭐다 해서 튀어나오고, 풍룡에 귀룡, 빙룡이라 불리는 놈들이 강호를 주유하고 있는데 밥이 그리 중요하냐?"

"그럼 거지한테 밥 빌어먹는 게 중요하지, 뭐가 중요합니까!"

"에라이, 이년아."

"거참, 말 곱게 하시네. 자꾸 이년, 저년 할 거요?"

"그럼 년보고 년이라 그러지, 놈이라 그럴까?"

"이런 쌍!"

오결과 취취는 주먹을 꽉 쥐고는 서로를 노려보고 섰다.

"저거, 말려야 하지 않을까?"

"글쎄, 그냥 놔두는 게……."

"그래도."

"성격 몰라서 그래? 괜히 말리다가 맞으면 우리만 손해라고······."

"저러다 말겠지, 뭐. 한두 번도 아니고."

둘의 모습에 걸인들은 말리기 위해서 나서기는커녕 되레 둘의 곁에서 조금씩 물러났다.

"오냐, 이년아! 똥 기저귀 빨아가면서 기르고 가르쳤더니 머리 좀 굵어졌다고 어른 수염을 뽑으려 하다니, 내 오늘 버릇을 단단히 고쳐야겠다."

"쳇! 만날 그놈의 똥 기저귀는. 버릇 고친다고 한 지가 벌써 몇 번째인지는 알고 계시는 거죠?"

취취는 한마디도 지지 않고 말했다.

"이, 이년이… 오냐, 몇 번 져주었더니 아주 기고만장하구나. 덤벼라, 진정한 강룡십팔장이 무언지 가르쳐 주마."

"뭐, 그러시던가요. 대신에 지난번처럼 지고 나서 소문내지 말라고 떼쓰지 않기요. 이번에 그냥 확 동네방네 다 퍼뜨려 버릴 테니까!"

취취는 엄지손가락으로 코에 묻은 음식찌꺼기를 훑으면서 자세를 취했다.

그녀를 소취개라 불리게 해준 백현응각(白玄鷹脚)의 기수식이었다.

"오냐, 어디 한번 보자꾸나!"

오결 역시 마보를 취하면서 두 주먹을 허리께에 가져다 붙였다.

"어? 이번엔 진짜로 할 모양인데?"

"뭐, 언제는 진짜로 안 했냐? 그나저나 이번엔 좀 더 거세 겠구만. 오결 어르신은 매번 이기지도 못하면서는……."

"시끄럽다. 막내야, 어쩔 수 없다. 가서 백주랑 계육을 좀 챙겨오도록 하고, 둘째는 가서 약초를 좀 모아 오도록 해. 또 지고 나면 한참 넋두리를 들어줘야 할 테니."

"예."

일걸은 귀찮은 듯한 표정으로 칠걸과 이걸에게 명했고, 이 걸과 칠걸은 가기 싫어 죽겠다는 표정으로 걸음을 옮겼다.

칠걸들의 뒤로 분기탱천(?)한 오결과 취취가 자리를 마주 잡고 섰다.

오결의 말투나 행동은 영락없는 시정잡배처럼 보였으나 과거 개방주 적생이 후대로 지목했을 만큼 뛰어난 인물이었 다.

대충 서 있는 취취와는 달리 오결은 긴장한 기색이 역력했 다.

"안 할 거요? 거참, 늙으니 다리에 힘이 없나……."

"시끄럽다! 네 녀석 걱정이나 하거라!"

말은 그리했지만 오결은 긴장을 놓을 수가 없었다. 현재 무 림에서야 중원사룡이네 뭐네 말들이 많지만, 자신은 취취도 그에 못지않다 생각했다. 비록 드러나지 않아 소문이 안 났을 뿐이지, 취취는 상상 이상의 무공을 가지고 있었다.

"안 오면 내가 갈 거요."

"으음……."

도저히 치고 들어갈 엄두가 나질 않았다.

"젠장, 노려보기만 할 거면 그만두든가. 괜히 시비를 걸어 놓고는……."

취취가 콧구멍을 후비며 투덜거리자 오결의 이마에 힘줄이 돋아 올랐다.

"오냐! 이놈, 받아라!"

쉬이익.

가벼운 말투와 표정과는 달리 움직이기 시작하자 그의 몸이 강맹하고도 쾌속하게 움직였다. 갈지자로 움직이며 보법을 밟아오는 그는 순식간에 취취의 면전으로 쇄도해 들었다. 개방이 자랑하는 절대보법 취선보! 그리고 수없이 많은 환영을 만들며 화려하게 펼쳐지는 강룡십팔장!

스윽. 턱. 쾅당!

"큭."

땅바닥에 드러누운 오결은 지금 자신에게 무슨 일이 일어난 건지 잠시 고민했다.

자신의 장법을 뚫고 취취의 손이 가슴께에 닿았고, 몸이 들려지는가 싶더니 하늘과 땅이 뒤바뀌었다.

"크큭, 이걸로 내가 이겼수."

"뭐?"

퍼억!

"……."

누워 있는 오결은 취취가 내지른 주먹에 의해 기절해 버렸다.

*   *   *

"응? 저놈들은 뭐지?"

칠걸이 어딘가를 보면서 고개를 갸웃거렸다.

"왜?"

"저기, 우리 애들이 아닌 것 같은데……."

"뭐?"

이걸은 칠걸이 가리킨 방향으로 고개를 돌렸다. 자신들과 마찬가지로 걸인의 복장을 한 대여섯 명의 인원이 황급하게 성안으로 들어가고 있었다.

"태원 지부 녀석들인가?"

"글쎄요. 처음 보는 녀석들인데?"

"뭐, 신경 꺼. 어차피 이곳에 있는 녀석들이야 우리랑 상관 없잖아. 우리야 소방주랑 오결 장로님만 모시면 되는 거고."

"하긴 그렇네요."

"가자. 지금쯤이면 아마 오결 어르신이 쓰러졌다가 정신 차렸을 거야. 괜히 늦게 가서 일걸 형님이 장로님께 시달려서 우리까지 피해보지 말자고."

"예, 형님."

이걸의 말에 칠걸이 재빨리 그의 뒤를 따랐다.

이걸과 칠걸이 이동하는 동안 그들이 보았던 걸인들은 은밀하게 으슥한 골목으로 돌아 성의 중심에 지어진 거대한 장원 담벼락에 도착했다.

"이곳이다."

"……."

"순식간에 끝낸다. 이비와 삼비는 내당의 무인들을 잠재운다. 그리고 사비와 오비는 호위무인들을 처리해라."

"알겠습니다."

"정확히 이각 후에 이곳에서 다시 만난다. 움직이는 동안 충분히 눈에 띄도록 해라. 또한 혹여 일처리가 잘못되었을 경우……."

"스스로 목숨을 끊겠습니다."

"좋아. 흔적은 되도록 남기지 않도록 하라. 지금부터 우리는 개방이다."

"존명."

파팍!

말을 마침과 동시에 그들은 담벼락을 넘어 사라졌다.

*　　　*　　　*

국구 척일도의 침소.

"국구, 황기대장을 반란군의 격전지로 보내는 것에 어찌 동의하셨습니까?"

"왜? 섭섭하더냐?"

"아닙니다. 섭섭하기보다는……."

"녀석, 말하지 않아도 네 얼굴에 모두 드러나는구나."

"국구!"

국구 척일도는 자신의 앞에 앉은 금포의 사내를 보며 웃었다.

"국구, 황기대장은 음험한 자입니다. 더구나 들리는 소문에 의하면, 다음 패권을 노리고 있다 합니다."

"그렇겠지."

"더구나 폐하의 총애가 깊으신데… 혹여 폐하의 승하 이후에……."

"천승!"

"……."

"함부로 입에 담지 말라! 아직 폐하께서 정정하시거늘, 어찌 함부로 사후를 논하는가!"

"죄송합니다. 하도 답답하여 제가 실언을 했나 봅니다."

"주의하라. 다시 한 번 실언을 한다면 너라 해도 용서하지 않겠다."

"……."

천숭이라는 사내는 추상같은 척일도의 말에 입을 다물고 말았다. 잠시간의 침묵이 흐르자 천숭이 조심스럽게 다시 말을 꺼냈다.

"그보다 황기대장의 최근 움직임이 심상치 않습니다."

"음."

"얼마 전 천향루에서 누군가를 만났다고 합니다."

"……."

"누군지 밝혀진 바는 없으나 아무래도 주의를 두시는 편이……."

"음, 알았다. 내 신경 쓰도록 하마."

"예, 국구. 그럼 전 이만."

"……."

천숭이 인사를 하고 나가자 척일도는 홀로 창가를 바라보았다.

'황기대장… 하긴, 걱정하는 것도 무리는 아니지. 야심이 큰 녀석이니.'

그는 황인욱을 잘 알고 있다. 잔인하고 포악한 성품을 가진 그의 야심을 모르는 바도 아니었다. 분명 다음 대의 황위를 노릴 것이 분명했다.

"하나… 군부의 힘만으로 세상을 가지기는 이미 늦었다."

문득 창밖에서 자신을 비추는 달을 바라보았다. 왠지 오늘은 눈이 시릴 만큼 차갑다는 생각이 들었다.

"허, 오늘은 달님이 성이 난 모양인 게로군."

달빛에 미소 짓던 척일도는 갑자기 밖이 소란스럽다 여기고는 안뜰을 바라보았다.

"잡아라!"

"저기다!"

장원을 지키는 군사와 무장들이 사방으로 뛰어다니고 있었다.

"무슨 일이지?"

쾅!

갑자기 내실의 문이 부서져 나가자 척일도의 고개가 돌아갔다. 문을 부수며 들어온 자는 복면을 썼지만 어느 곳에서나 만날 수 있는 걸인의 복장을 하고 있었다.

'거지?'

척일도의 눈썹이 휘어졌다.

"척일도!"

"웬 놈이냐!"

"저승사자다!"

푸욱!

"끅!"

아랫배를 파고드는 섬뜩한 느낌에 척일도의 두 눈이 부릅뜨여졌다.

"이… 이놈들이……"

척일도는 자신의 배를 찌른 걸인의 옷깃을 부여잡으며 핏발이 일도록 노려보았다. 그리고는 힘이 빠져 버린 손으로 그의 복면을 벗기려 안간힘을 썼다.

푸푹!

"어헉!"

또 다른 날카로운 그 무엇이 좌우의 옆구리를 통해 그의 피부를 뚫고 내장을 휘저어놓았다.

"끄으……"

털썩.

다리에 힘이 풀려 버린 척일도가 바닥에 꿇려졌다. 자신의 아랫배와 양 옆구리를 찌르고 빠져나간 흉기로 인해 쉴 새 없이 흘러내린 피가 바닥을 흥건히 적셨다. 척일도는 고통으로 일그러진 얼굴로 흉수들의 얼굴을 쳐다보았다.

"큭큭큭, 척일도, 잘 가라."

"네… 네놈들……"

복면걸인들의 비웃음 소리와 함께 척일도의 의식이 서서히 흐려져 갔다.

벌컥!

"국구!"

척일도의 침소로 군사들이 들이닥쳤다. 갑자기 일어난 소

란에 밖으로 나가던 천승이 척일도가 걱정되어 되돌아온 것
이었다. 그의 시선에 보인 것은 쓰러진 척일도와 바닥을 흥건
하게 적신 피, 그리고 피 묻은 흥기를 들고 있는 복면걸인들
이었다.

"이, 이놈들! 놈들을 잡아라!"

와장창!

걸인들은 재빠르게 창문을 깨고 빠져나갔다.

"국구!"

천승은 쓰러진 국구 척일도의 신형을 안아 올렸지만 급소
에 칼을 맞은 그의 시신은 이미 차갑게 굳어가고 있었다.

"국구! 정신 차리세요! 국구! 무엇들 하는가! 어서 의원을
모셔오라!"

*   *   *

"괜찮습니다. 처음도 아니시잖아요."

이걸이 오결 장로를 위로했다.

주름진 얼굴로 눈물에 콧물이 범벅되어 훌쩍거리는 모습
은 과히 좋아 보이진 않았다. 칠걸이 구해온 술을 들이켜고는
또다시 훌쩍거리는 모습에 모두가 인상을 찡그렸다.

"거참, 시끄럽네. 다 늙어서는… 쳇!"

취취가 오결에게 면박을 주었다.

"뭐라고! 그래, 다 늙은 장로를 개 패듯이 패놓으니 좋으냐? 엉! 이거 봐라, 이거!"

오결이 시퍼렇게 부어오른 자신의 눈두덩이를 내보이며 취취를 향해 발악했다.

"그러게 누가 덤비래요? 내가 싸우자 한 것도 아닌데……."

"덤벼? 오냐, 이년아! 오늘 한번 끝을 보자!"

취취와 오결은 또다시 이를 갈며 금세 다시 주먹다짐을 할 것처럼 으르렁거렸다.

"그만하세요. 후개도 그만하고, 애들 보는데 이게 무슨 추태입니까?"

나지막이 한숨을 내쉰 일걸이 취취와 오결의 사이를 가로막고 말렸다.

"너도 눈이 있으면 한번 봐라. 명색이 후개라는 년이 장로를 이리 패는 게 말이 되냐? 으이구, 정말 늙으면 죽어야지. 저런 걸 후개라고……."

"자꾸 이년, 저년 할 거요?"

"그만 안 해요!"

둘의 말싸움에 일걸이 빽! 하고 소리를 지르자 머쓱해진 둘이 입을 닫았다.

"자꾸 싸울 거면 둘이 따로 다녀요! 우리도 제발 편해지게. 만날 둘 뒤치다꺼리하느라 애들 늙는 거 안 보여요? 만날 장로님 때문에 저기 칠결 놈은 약초 구하러 다니느라 이제는 웬만한 약방을 차려도 될 만큼 약초학이 늘었구요, 저기 삼결 놈은 말리다가 얻어맞고 뼈 부러진 게 벌써 열 번도 넘어요."

"……."

일결이 일어나서는 오결과 취취를 향해 삿대질하면서 고래고래 소리를 지르는 통에 둘은 아무 말도 하지 못하고 자리에 앉았다.

"아니, 그래도… 명색이 장론데 삿대질은 좀……."

"뭐욧! 지금 그런 말이 나와요?"

일결의 호통에 푸념을 하려던 오결이 금세 입을 다물고 말았다.

"하여간 생각이 없어, 생각이!"

어쩌면 지금 일행 중에서 가장 무서운 것은 일결의 잔소리일지도 몰랐다. 한참 동안이나 이어지는 잔소리에 취취와 오결은 아무 말도 하지 못했고, 나머지 육결들은 일결의 잔소리에서 조금 떨어져서 술을 마셨다.

"역시… 일결 형님의 잔소리신공은 최강이야."

"그러게 말이야. 옆에서 듣기만 해도 무기력해지는 것 같아."

"자자, 어차피 우리는 상관없으니까 술이나 드시죠."

"그래, 대충 보니 한 시진은 더 하실 거 같으니까."

일결이 취취와 오결에게 학대 아닌 학대를 하는 동안 나머지 여섯 걸개는 이걸이 구해온 술과 안주로 시간을 보냈다.

"웅? 근데 저것들은 다 뭐지?"

"뭐가요?"

"저기 말이다."

삼걸의 손가락이 가리키는 곳으로 모두의 시선이 집중되었다.

성문을 지나 두리번거리던 수십 명의 군졸과 포교들이 개방칠걸이 있는 곳을 향해 뛰어오고 있었다.

"왠지 바빠 보이지 않냐?"

"그러네요. 무슨 급한 일이라도 있나 보죠."

"얘들아, 비켜줘라. 나랏일하시는 분들인데 길을 막지 말고."

"예, 형님."

걸개들은 술병과 안주를 들고 성벽 인근으로 자리를 옮겼다. 군사들은 지나는 길이라고 생각한 것이다. 하지만 그들의 판단이 틀렸다는 것은 금세 알 수 있었다.

"저놈들을 포박하라!"

"……!"

포박하라는 그 말과 동시에 수십의 군사가 창대를 꼬나 쥐고는 걸개들을 포위했다.

"무슨?"

싸우고 있던 취취와 오걸, 잔소리하던 일걸도, 술을 마시던

나머지 걸개들도 지금의 상황에 어리둥절한 표정을 지었다.

"이보시오, 포교 나리. 이게 무슨?"

"닥쳐라!"

포교는 물어오는 일걸을 날카롭게 쏘아봤다.

"저놈들을 모조리 포박하라! 모두 성도로 압송한다!"

"예!"

수십여 개의 창극으로 겨눈 채 그들을 향해 포교들이 포승줄을 들고 다가왔다.

"이 자식들이 미쳤나!"

취취가 어이없다는 얼굴로 자세를 취했다. 안 그래도 일걸에게 잔소리를 들은 터라 짜증이 잔뜩 나 있었는데 마침 잘되었다 싶었다. 막 다가서는 포교에게 나서려는데 표정이 굳은 일걸이 그녀를 막아섰다.

"포교 나리, 저희는 개방의 걸개들입니다. 혹여 무언가 오해가 있으시다면……."

일걸이 포권을 했으나 포교는 듣지 않았다. 그들의 표정을 살펴보니 허투루 하는 말이 아닌 듯했다. 관의 포교가 개방에 대해 모를 리 없었다. 더구나 정무협이 만들어진 이후 중앙 대신들과 밀접한 관계를 맺어오고 있음을 잘 알고 있었다. 그럼에도 자신들에게 핍박을 가한다는 것은 무언가 오해가 생겨도 단단히 생겼다는 것이리라. 일걸이 쳐다보자 오결이 고개를 내저었다. 저항하지 말고 저들의 뜻에 따르라는 말이 아니고 무엇이겠는가.

취취 역시도 아무 말 없이 팔을 내렸다. 저항하지 않겠다는 뜻이었다.

"모두 들어라. 지금부터 성내를 돌면서 걸인들은 모조리 잡아들여라. 국구의 시해범인 그들을 한 놈도 빼놓지 말아라. 걸인과 비슷한 놈이라도 모조리 성도로 압송하라!"

"예!"

포교의 말에 오결의 고개가 홱 하고 들려졌다.

국구시해. 그 말이 뜻하는 것은 단 하나뿐이다. 이 산서성의 성주인 국구 척일도가 누군가에게 암살당했다. 더구나 관에서는 그 시해범을 개방으로 의심하고 있는 것이 아니고 무어겠는가!

'이, 이런 일이!'

생각지도 못한 일이 일어난 것이다.

2

거대한 대전이 쥐 죽은 듯 조용해졌다.

엄청나게 많은 관인들이 대전을 꽉 메우고 있었지만 혹여 숨소리라도 냈다가는 비명성도 못 내고 목이 달아날 수도 있는 일이었다.

"국구께서 돌아가셨다⋯⋯."

당금의 절대자인 황제가 무표정한 얼굴로 나지막하게 읊조렸다. 태사의에 비스듬히 몸을 기울여 찻잔을 만지작거리는 그에게서는 어떠한 분노조차 떠올라 있지 않았다.

"거지들이 그 시해범이다? 십 년 전에 걸인의 우두머리를 참한 것에 보복하기 위해서 시해를 했다?"

산서성에서 올라온 사건 조사 상소에는 분명 그렇게 적혀 있었다.

"태학사."

"예… 예, 폐하."

황제의 부름에 태학사 엄영이 눈치를 살피며 대답했다. 숨막힐 듯한 분위기에 좀처럼 적응이 되지 않았다.

"그들을 개방이라고 부른다지?"

"예."

"의기천추(義氣千秋)의 뜻을 지키는 거지들이라고 들었네만……."

"꿀꺽."

황제가 묻고자 하는 것이 무엇이란 말인가. 국구시해범으로 몰리고 있는 개방도를 스스로 '의로움이 천 년을 이어간다'라는 말로 표현하는 저의는 무엇인가. 엄영은 어떤 대답을 할지 몰라 마른침만 삼키며 눈치를 보았다.

"고작 거지 몇 놈이 침입한 것을 성내의 군사들이 감지하지 못했다?"

나지막한 황제의 목소리가 대전 안을 가득히 채웠다. 오십여 장이 넘는 엄청난 길이를 가진 대전이지만 입구의 맨 끝에 있어도 분명히 들릴 만큼 선명했다.

　분노하지 않았다고? 아니다. 황제는 지금 엄청난 분노를 쏟아내고 있는 것이었다. 자고로 군자의 분노는 무겁고 싸늘하다 했다. 황제는 터져 버릴 듯한 분노를 억누르고 있었던 것이다.

　"산서성의 경비를 담당하던 군사를 모조리 참하라."

　나지막했지만 대전 안의 모두는 기겁을 했다.

　"개방이라고 했다지? 고작 ㄱ지들이 일국의 국구를 시해했다라… 개방이라는 것들."

　황제의 목소리에 한기가 어리고, 두 눈에는 붉은 안광이 넘실거렸다.

　"모조리 잡아들여. 그들과 관계있다면 죽은 조상의 묘까지 파헤쳐서 참할 것이야. 놈들의 씨를 밴 여인이 있다면 여인의 배를 가르고 그 씨마저 말려 버릴 것이야. 만약 그들의 세력에 동조하는 이가 있다면 그것이 누구라 해도 용서하지 않겠다."

　황제의 분노는 무서웠다.

　싸늘한 침묵과 높낮이없는 음성은 좌중을 무겁게 가라앉게 했다.

혈겁.

엄청난 혈겁의 폭풍이 다시금 세상을 쓸어버리기 위해 고개를 들고 있었다. 청조가 건립되면서 얼마나 많은 이들이 목숨을 잃었던가, 얼마나 허무하게 목숨을 잃어야만 했던가.

대전 안의 한족 관리들은 황제의 시선이 닿을 때마다 등 뒤에서 식은땀이 흘러내리는 것을 느꼈다.

잠자고 있던 거대한 용의 분노가 무림에, 그리고 세상에 어떤 화를 만들어올지는 아무도 예측하지 못했다.

3

사천성 사흑련.

거대한 전각의 중심. 군사가 기거하는 전각의 십방원의 아래층에서는 무수히 많은 밀원 무인들이 각지에서 올라온 정보를 취합하느라 정신없이 움직이고 있었다.

"이, 이것은!"

탁자 위에 어지럽게 널려 있는 전서를 정리하고 있던 무인이 한 장의 전서 내용에 기겁했다.

"뭐냐!"

"원주님! 이것을……."

무인이 가져온 전서를 받아 든 밀원주 막야의 얼굴이 딱딱하게 굳어졌다.

"으음, 결국… 시작되었는가?"

막야는 침음성을 흘렸다. 전서에 적힌 내용은 사실 벌써부터 예견했던 사실이다. 모두가 본인들의 조작에 의한 것이 아니겠는가. 자신의 윗전인 독서생이 만들어낸 엄청난 계책이었고, 그의 말처럼 이루어지고 있었다. 하나 계책이라는 말로써 들었을 때와 실제로 일어났을 때 느껴지는 충격은 완벽하게 달랐다.

국구 시해. 팔기군 이동, 장소 호북성 무당산!

황군의 주력이라 할 수 있는 팔기군이 움직였다. 그것도 정무협의 본진이 위치한 무당산으로 수만의 군세가 이동을 시작한 것이다.

"꿀꺽."

마른침이 절로 넘어갔다.

"군사님께 다녀오겠다."

막야는 마음을 다잡고는 전서를 손에 쥔 채 독서생의 집무실로 뛰어나갔다.

예상했던 것과 달리 독서생은 담담했다.

헐레벌떡 뛰어와 전서를 전하는 막야에게 독서생은 가볍

게 고개를 끄덕여 주기만 했다.

"때가 되었군요. 모두에게 전하세요. 조만간 무림 정벌을 시작합니다."

"무림 정벌입니까?"

"예, 무림 정벌입니다, 사흑련의 이름하에."

"존명!"

독서생의 말에 막야의 얼굴이 상기되었다. 가슴은 이미 흥분으로 가득 차오르기 시작했다. 누가 꿈꿀 수 있겠는가, 어중이떠중이로 치부되던 사파의 무인들이 중원을 아우르는 거대한 단체로 거듭나는 순간이다. 고금의 무림 역사를 통틀어 사파가 전 중원에 이름을 떨친 적이 있었단 말인가.

막야는 흥분을 주체하지 못하고 독서생의 말을 전하기 위해 부리나케 밖으로 뛰어나갔다.

"시작인가요?"

"예, 이제 시작입니다."

한쪽 벽면에서 서책을 읽고 있던 여인이 물었다.

"한 가지 궁금한 게 있어요."

"……."

"어째서 그리했나요?"

"무엇을 말입니까?"

"당신의 계책. 범인이 너무 쉽지 않나요? 개방을 전면에 내세우다니… 이건 누가 봐도 개방의 짓이 아니라는 것을 알 텐데요?"

그녀는 바로 제갈선하였다.

"황제는 멍청이가 아닙니다. 황기대장 황인욱과는 달라요. 황제는 심계가 깊은 인물입니다. 그가 당신의 뜻대로 따라줄까요?"

"……."

"어째서 그랬죠? 누가 봐도 음모임이 뻔한 수를 쓰다니 말입니다."

개방의 척일도 시해.

그것은 언뜻 보기에는 과거에 집착한 개방의 복수임이 분명한 일이었다. 한데 너무 뻔하다. 마치 일부러 개방에게 누명을 덧씌우려는 것처럼 느껴졌다.

"만약 황제가 조금이라도 깊이 파고든다면 황기대장이 관련되어 있다는 사실이 금방 드러날 겁니다. 더욱이 그와 결탁한 사흑련도 마찬가지구요."

자신의 목적을 이루기 위해 무인들을 규합해 그 무인들의 단체를 중원의 거대 세력으로 만들어내고 황기군의 수장을 세 치 혀로 포섭하더니, 이제는 천자의 분노를 이용해 무림을 정벌하려 하고 있었다. 한데 어딘가 맞지 않았다.

"글쎄요. 제가 과연 무엇을 생각하고 있을까요?"

"설마… 사흑련을 버릴 생각인가요?"

"사흑련을 버리다니, 설가요? 저는 이곳의 군사입니다. 그럴 이유가 없지요. 이제부터 바빠질 겁니다. 그러니 쉬려면 지금 쉬어두는 것이 좋을 것입니다."

독서생의 입가에 생겨난 싸늘한 미소에 제갈선하는 그가 무슨 생각을 하는지 의문스럽기만 했다.

4

"이게 어찌 된 일입니까!'

답답한 마음에 차분하기로 소문난 법혜 선사가 탄식을 터뜨렸다.

정무협의 수뇌들은 갑작스럽게 찾아온 비상사태에 할 말을 잃어버렸다. 이제 막 뛰어오르려 하는데 뒷다리가 잘려 나간 것이다.

"일단 진정들 하시지요. 무진자께서 관에 줄을 대고 있으니 일단은 기다려 봐야 하지 않겠습니까."

"기다리자니요? 지금 팔기군의 본대가 이곳을 향하고 있습니다."

"맞습니다. 이미 호북성 사건으로 그들과 좋지 않은 관계가 되었지 않습니까? 더구나 국구시해의 주범이라니⋯⋯."

소식을 듣고 한달음에 무당산으로 쫓아온 아미파의 복호 신니가 적생의 눈치를 보며 뒷말을 흐렸다. 차마 주범으로 지목된 개방을 들먹일 수는 없었던 것이다.

"대책을 만들어야 합니다. 이대로 둘 할 수는 없지 않겠습니까?"

"그럼 어찌하자는 말입니까? 그들과 전면전이라도 벌이자는 말입니까?"

"으음……."

도무지 대안이 생각나지 않았다.

전면전을 벌였다가는 영락없이 자신들이 흉수임을 인정하는 꼴이 될 것이다. 반란군으로 지목되어 청조 초기와 같은 탄압을 받을 것이 자명했다.

"고작 오 년입니다. 금무령이 폐지되고, 다시금 꿈을 꾸기 시작한 지 불과 얼마 되지도 않았단 말입니다. 또다시 봉문을 할 수는 없지 않습니까?"

"으음……."

모두가 지난 기억이 떠오르는지 침음성을 흘렸다.

"젠장, 큰일이군."

"일단 무진자께서 돌아올 때까지 기다려 보시지요. 그가 대안을 가져올지도 모르지 않습니까?"

"알겠습니다. 그리하지요."

다른 방법은 없었다.

벌컥.

무거운 침묵을 깨듯 내실 문이 열리며 무당의 장문인이며 정무협의 군사 직을 맡고 있는 무진자가 힘없는 모습으로 들어오자 정무협 수뇌들의 시선이 집중되었다.

자신의 자리로 들어가 앉은 무진자의 모습에 좌중의 인물들은 침까지 삼키며 그의 입이 열리기를 기다렸다.

"어, 어찌 되었습니까?"

"뭐라고 말씀을……."

기다리다 지친 사일검과 청염군자가 묻자 무진자가 긴 한숨을 내쉬면서 고개를 내저었다.

"저, 저런……."

"이 일을 어찌……."

"허!"

듣지 않는다 하여 모르겠는가. 협상은 실패한 것이다.

"모두 만나주지 않았습니다. 이미 황제의 분노가 도성을 가득 채우고 있는데 그들이 나서서 심기를 어지럽힐 필요는 없었겠지요."

"그런……."

"이미 그들은 시해범을……."

무진자가 무거운 인상으로 눈을 감고 있는 적생을 쳐다보았다.

"시해범을 개방으로 지목하고 있습니다. 아마도 그들은 그어떤 변명도 원하지 않을 것입니다. 황제가 원하는 것은… 몰살입니다."

"음…….."

"크흠!"

여기저기서 탄식성과 침음성이 흘러나왔고, 자연스럽게 그들의 시선은 개방주 적생을 향해 있었다. 그들의 눈에는 왠지 모를 미묘함과 원망 같은 것들로 가득 차 있었다.

'제대로 걸렸구나, 제대로 걸렸어. 쉬참.'

눈을 감은 적생의 머릿속으로 오만가지 상상이 들었다.

'그 친구가 무림에 다시는 나오지 말자고 할 때 들었어야 하는 것인데…….'

문득 오랜 시간 동안 알아온 자신의 벗이 떠올랐다. 그는 분명히 말했다, 이제 더 이상 강호는 세상 안에 존재할 수 없을 것이라고. 처음에는 그의 말에 코웃음을 쳤다. 한데 이제 야 알 수 있었다. 가득히 느껴지는 원망과 슬픔의 감정이 자신을 짓누르고 있질 않은가.

"크흠!"

개방주 적생이 자리에서 일어나자 모두 엉거주춤한 모습으로 그를 쳐다봤다. 일단은 지금 자리에서 법혜를 제외한 가장 큰어른이니 대우를 해주어야 하지 않겠는가.

"거지로 팔십 년을 살아왔소. 원래 가진 것 없이 태어나 가진 것 없이 죽어야 하는 것이 마땅한 것인데 무엇이 아깝겠는가. 본의 아니게 정무협에 큰 결례를 범했구려. 이번 일은 우리 개방에서 해결하도록 하겠소. 무릇 결자해지라 했으니 개방에서 풀어내는 것이 옳을 듯싶소. 만약 필요하다면 내 목숨이라도 내놓고 저들과 홍정하리라. 하나 숭의를 위해 살아가는 우리 개방은 절대 홍수가 아님을 알아줬으면 좋겠소."

나지막이 자신의 말을 마친 적생이 내실을 나갔다.

그의 발소리가 멀어질 때까지 그 누구도 차마 적생을 잡지 못했다.

밖으로 나온 적생의 앞에는 검룡 미추홀이 서 있었다. 그는 적생을 쳐다보면서 무표정하게 물었다.

"가실 생각입니까?"

"오냐."

"누군가의 계략입니다."

"안다."

"그런데 어찌 가시려 하십니까?"

"그럼 너라면 어찌하겠느냐?"

"무슨 의미입니까?"

"모두가 개방을 적이라 한다. 어떤 놈의 음모인지는 모르겠다만, 이미 엎질러진 물이 아니냐?"

적생이 허허로운 웃음을 지었다.

"옆에서 지켜보신다 하지 않으셨습니까?"

"……."

미추홀의 말에 적생은 아무런 말도 하지 못했다.

"홀아, 잘 들어라. 일찍이 삼황이라 불리고 십존이라 불렸던 시절이 있었다. 지금 생각해 보면 허울 좋은 명성에 불과할 뿐이다만, 그때만 해도 수많은 무인들이 무극을 꿈꾸고 무공에 미쳐 있었다. 개방이 어찌하여 무림을 떠났는지 아느냐?"

"……."

"사람들은 우리가 청조의 눈을 피해 도망쳤다고 한다. 죽음이 두려워 숨었다고도 한다. 하지만 그것은 모두가 그들의 생각일 뿐이다. 개방이 청조가 두려워 도망쳤다고 생각하느냐?"

"아닙니다."

"그래, 아니다. 과거 중원 최고수라 불렸던 한 인물과의 약조 때문이었다. 그는 전대의 방주님이 척일도에게 죽임을 당하자 내게 와서 말했다. 개방의 방주가 되라고 말이다. 그리고는 무림을 떠나라고 했다. 더 이상 이상을 꿈꾸는 시대는 지나갔다고… 그때의 나는 그의 말을 너무도 신뢰했기에 무림을 떠난 것이었다."

어째서 자신에게 이런 말을 해주는 것일까? 미추홀은 적생의 말을 이해할 수가 없었다.

"시대가 변했다. 사람도 변했지. 송학의 어린 제자가 나왔다기에 나름 꿈을 꾸었나 보구나."

적생이 미추홀을 바라본다.

"너라는 존재가 너무도 궁금하여 개방을 드러내면서까지

무림에 나왔건만 무림에서 과거의 모습을 찾을 수는 없게 되었구나. 하나 이제 늦은 것임을 알겠다. 황제는 개방을 잡으려 한다. 또한 나의 수하들이 모진 고초를 겪고 있구나."

미추홀은 적생이 말하고 있는 바를 어렴풋이 눈치채고 있었다. 그는 지금 관과 일전을 벌일 생각이 분명했다.

"방주님."

"오냐, 네 걱정하는 바가 눈으로 느껴지는구나. 하나 어찌하겠는가. 이미 시간을 돌이킬 수는 없는 것이다. 나 하나로 끝난다면 좋겠으나 그러기에는 황제의 분노가 너무도 크구나. 추홀아, 미추홀아. 너는 나처럼 어리석지 않았으면 좋겠구나. 송학, 그 친구의 제자니 나의 말뜻을 알기 바란다. 너무 꼿꼿하기만 하면 부러지게 마련이다. 때로는 세파에 편승할 줄도 알아야 하는 것이지. 하나 잘되었다. 개방의 제자로 원수를 눈앞에 두고도 갚지 못하였는데 누군가 그를 대신해 주었구나. 허허, 전대 어른의 복수를 했으니 개방의 방도들이 목숨을 잃어가는 것이 뭐가 아깝겠는가? 으하하하!"

미추홀은 멀어져 가는 적생에게 아무런 말도 할 수 없었다.

그가 지금부터 향하는 길이 죽음을 향한 것임을 어찌 모르겠냐마는 그를 막아 세울 자신은 없었다.

문득 하늘을 올려다보니 눈이 시릴 정도로 높고 파랗기만 했다.

'아아, 스승님, 제자는 어찌해야 하는지요.'

　　　　*　　　　*　　　　*

"설마… 정파의 몰락입니까?"

"그럴 겝니다."

오가회의 수뇌들은 눈앞에 일어난 말도 안 되는 일에 경악을 금치 못했다. 개방의 암살 기도로 인해 황제는 분노했고, 군부 최강의 전력인 팔기군이 호북성을 향해 움직였다.

아무리 엄청난 전력을 지니고 있다 한들 수만에 이르는 군세를 어찌 이겨낸단 말인가.

"음, 큰일이군요."

"그러게나 말입니다. 이미 관에서는 정파와 관련된 모든 끈을 잘라내고 있다 하더이다. 들리는 말로는 찾아온 무진자를 대문에조차 들이지 않았다더군요. 이미 회와 관계를 맺고 있던 관리들도 우리와 관련된 모든 것들에서 등을 돌리고 있습니다."

"으음……."

여기저기서 신음성이 터져 나왔다.

"이렇게 되면 저희도 자중해야 하는 것이 아닙니까?"

"옳은 말씀입니다."

"그래요. 이런 시기에 저희들이 엮여들어 갔다가는 큰일이 아닙니까?"

벌써부터 강호에 찾아올 분란이 예상되는지 모두가 난색을 표했다. 그러자 좌중의 분위기를 종합한 오가회의 수장, 황보중강이 말했다.

"일단 전 가문에 명해서 자중하라 이르세요. 관에서 주목할 만한 어떠한 일도 만들지 않아야 합니다. 현재 사흑련과 대치하고 있는 산서와 하남에도 그들의 도발이 없는 한 어떠한 움직임도 없어야 하구요. 설사 사흑련이 도발한다 하여도 싸워서는 안 된다고 전서를 보내야 합니다. 사흑련도 바보가 아닌 이상 함부로 도발해 오진 못할 겁니다. 그들 역시 이번에는 함부로 할 수는 없을 테니까요."

"알겠습니다."

모두가 황보중강의 생각과 같은지 더 이상의 반론을 만들지 않았다.

"한데 이상한 일이 아닙니까?"

"예?"

모용관천이 의아한 표정으로 물었다.

"무엇이 말입니까?"

"생각해 보십시오. 분명 시해의 원흉이 개방이라고 했지 않습니까?"

"그렇지요."

"한데 개방에서 그렇게까지 해야 할 이유가 있습니까? 더구나 뻔히 보이는데 자신들의 정체를 밝혀가면서 암살해야

할 이유를 말입니다. 듣자 하니 너무도 노출이 심했다고 하던
데……."

"음, 그도 그렇군요."

"이것은 필시 음모가 분명할 것입니다."

"하면 누가 그런 계략을?"

"글쎄요. 개방이 소속된 정무협은 아닐 것이고, 저희야 말
할 것도 없지요. 또한 사흑련은 황기군과 밀접한 관계를 가지
고 있으니……."

"음, 그럼 마교나 귀문일까요?"

"그것은 더욱 가능성이 적다고 봐야겠지요."

"음……."

"제가 보기에는 분명 누군가의 음모인데… 과연 누가 그런
말도 안 되는 일을 저질렀을까요?"

모용관천의 말이 일리가 있었기에 모두가 수긍했지만 의
문이 더해가는 것은 어쩔 수가 없었다.

"일단 회의 가문이 살아남는 것이 먼저입니다. 위기를 넘
기지 못하면 과거의 실수를 되풀이할 수도 있음이니까요."

"알겠습니다."

5

수백, 수천여 명의 무인이 결연한 표정으로 자신들에게

내려질 명령을 기다리고 있었다. 드디어 결전의 때가 온 것
이다.

거대한 단.

삼층 누각의 높이로 지어진 단에는 사흑련의 수뇌들이 줄
지어 서 있었고, 그 앞에는 당당한 풍채로 무인들을 내려다보
는 사흑련주 방시혁이 서 있었다. 한 가지 특이한 점이라면,
군사 독서생의 옆으로 볼모이자 포로인 제갈선하가 자리하고
있다는 것이었다.

"들어라!"

사자후에 비견될 정도로 우렁찬 방시혁의 목소리가 무인
들을 집중시켰다.

"고금 무림사를 통틀어 무림의 기둥이라 칭해지는 아홉 문
파와 오대세가, 그리고 마도의 시대가 있었다. 하나 생각해
보라. 우리 사파는 항상 쓰레기로 치부되어 왔고, 단 한 번도
인정받아 본 적이 없었다. 과거 명조 말, 사패천이라 하여 강
호에 당당히 이름을 내걸었으나 그 또한 사람들로부터 손가
락질받기 일쑤가 아니었더냐."

방시혁의 목소리는 수많은 사흑련 무인들의 가슴을 파고
들었다.

"사람들과 다르다는 이유로 숲으로 쫓겨나 짐승들과 살아
야 했던 야수문, 정상적인 무공이 아니라 하여 운남의 오지에
숨죽였던 독곡, 불량배들의 집단이라며 늘상 관의 표적이 되

어온 흑사방, 돈 없고 출신이 좋지 못해 무공조차 사사하지 못한 낭인들이여, 이제 때가 왔다. 사흑련이라는 이름 아래 뭉친 우리가 저 드넓은 중원무림에 의지를 펼칠 때가 온 것이다!"

방시혁의 목소리는 더욱더 격정적으로 변하고 있었고, 그의 목소리에 무인들의 가슴 또한 세차게 뛰기 시작했다.

"가라! 이제부터는 우리 사흑련이 중원의 패자로 거듭날 것이다!"

"와아아아아!"

방시혁의 웅변은 사천성을 들끓어 오르게 하기 충분했다. 무려 삼만이 넘는 사흑련의 무인들이 목이 터져라 함성을 지르며 결의를 다졌다.

"이제 시작인가?"

방시혁이 독서생을 바라보면서 물었다.

"예, 이제 시작입니다."

"음, 과연 이게 잘하는 짓인지 모르겠네. 자네의 뜻이니 긴 말하지 않겠네만, 나는 그래도 어쩐지 마음에 들지 않아."

방시혁의 얼굴에 그늘이 생겼다. 따지고 보면 절호의 기회인 것은 분명하다. 이미 황기군에서 뒤를 봐줄 것이고, 정무협은 어떠한 저항도 하지 못할 것이다. 또한 오가회는 어떠한가, 그들은 스스로 몸을 낮추고 자숙하기 시작하지 않았는가.

"련주, 저와 처음 만났을 때를 기억하십니까?"

독서생이 나지막이 말했다.

"천대받았지요. 모두가 홀대를 했습니다. 그리고 우리를 비웃었지요. 모두가 손가락질했습니다. 그 대상은 다름 아닌 련주님과 저였고요. 그때 둘이서 결심한 것을 기억하십니까? 그 누구도 무시할 수 없는 단체를 만들자고요. 그래서 만들어진 것이 사흑련입니다. 이미 모든 밥상은 차려져 있습니다. 반찬이 마음에 들지 않는다 하여 절호의 기회를 마다하실 생각입니까?"

"잘 차려진 밥상이라… 음, 그렇군. 누군가 먹지 않는다면 뺏기는 것이 바로 지금의 무림이겠지. 알겠네, 자네의 말에 따르도록 하겠네. 그리고… 미안하네. 잠시나마 자네와의 결의를 잊어버렸군."

"지금부터가 시작입니다. 사흑련이 중원제일좌에 오를 것입니다."

"기대하지."

방시혁은 황포 자락을 날리며 몸을 돌렸고 사흑련의 수뇌들은 결연한 표정을 지으며 그 뒤를 따랐다.

*   *   *

두두두두!

지축을 울리는 말발굽 소리.

번뜩이는 창검과 갑주.

전기를 세운 채 질주하는 수천의 군세는 경주하듯이 앞다투어 달렸다.

호북성의 무한을 향해 달려온 선두의 군마는 열리지 않은 성문 따위는 무시한 채 달려들어 왔다.

"홍기군의 참장이다! 성문을 열어라!"

질주하던 속도를 멈추지도 않은 채 마상의 무장은 목청이 터져 나가도록 외쳤다.

끼이이익.

붉은 갑주를 알아본 수십여 명의 성문병은 재빨리 거대한 성문을 열었다. 그러자 성안의 풍경이 드러나기 시작했다.

두두두두!

고작 한 필의 말이 지나쳐 갈 정도로 작은 틈새를 통해 홍기군의 참장이 스치듯 지나갔다.

"성문을 활짝 열어라! 수천의 군세가 들어올 것이다!"

그는 성문을 지나치며 한마디 허주는 것을 잊지 않았다.

"홍기군 이좌 함평이 황기장군을 뵙습니다!"

뛰어들어 온 기세 그대로 말에서 뛰어내린 함평이 황인욱의 앞으로 와서 군례를 취했다. 미친 듯이 투레질하며 달려온 말의 속도에도 한 치의 흐트러짐이 없는 모습이 그의 수련이 얼마나 대단한 것인가를 보여주었다.

"좋은 기세다."

"감사합니다. 반란군을 빠른 시일 안에 진압하신 것, 감축드립니다."

"음, 알겠다. 나머지 홍기군은 어디 있는가?"

"예! 곧 도착할 것입니다. 홍기군을 비롯한 본대가 이곳 무한으로 들어오고 있습니다. 여기, 폐하의 어지입니다."

함평은 공손한 자세로 허리춤에 매어져 있던 황금빛 두루마리를 꺼내 황인욱에게 전달했다. 황인욱은 어지를 향해 군례를 올리며 양손으로 받아 들고 펼쳐 읽었다.

"홍기장군의 말씀으로는 폐하께서 이번 호북성 정무협 토벌에 관련된 전권을 황기장군께 맡겼다 하셨습니다."

"음……."

이미 예상했던 말이지만 황인욱은 짐짓 놀란 척 어지를 읽어 내려갔다.

탁.

"알았다. 폐하의 어지가 내려왔으니 신하의 한 사람인 내가 어찌 모른 척한단 말인가. 함 참장은 가서 일단 쉬도록 하라. 본진이 무한에 도착하는 즉시 북서쪽으로 출군할 것이다."

"충!"

황인욱은 함평에게 지시를 내리고는 자신들의 부장들을

불렀다.

"지금부터 우리 황기군은 호북성 북서방 무인 토벌 작전에
투입된다. 이에 따라 호북 성도 무한에 대한 모든 권한은 백
기군에 위임할 것이다."

"알겠습니다."

"또한 지금부터 황기군 전 구장들은 군장을 갖추고 출진
준비를 하라 이르라!"

"존명!"

6

"차앗! 타앗!"

주먹을 뻗어내며 기합성이 터져 나오고, 차올려지는 다리
에 바람이 일었다.

교두의 가르침에 따라 구슬땀을 흘리며 무공을 연마하는
수백여 무인의 모습은 가히 장관을 이루었다.

"좋군."

무인들의 수련장에서 조금 멀리 떨어진 곳.

뒷짐을 진 채 느긋한 표정을 지으며 그들의 수련을 바라보
는 약관의 사내가 작은 감탄사를 터뜨렸다.

"이로써 제법 갖추어진 셈인가? 금귀, 귀혼들은 어찌 되어
가고 있나?"

사내의 물음에 그 뒤에 부복하고 있던 가면인 금귀가 대답했다.

"예, 귀야. 현재 팔성 정도의 성취를 보이고 있습니다."

"팔성이라… 일 년은 더 걸릴 줄 알았더니 제법 애를 썼군. 수고했다."

"과찬이십니다. 천귀께서 밤낮없이 노력한 덕분입니다."

"후후, 천귀, 그 영감이 신이 난 모양이군."

"모두가 귀왕에 대한 충심이 아니겠습니까?"

"충심이라… 큭큭, 그렇겠지."

약관의 사내는 바로 귀문의 주인인 귀왕 주량이었다.

마교로부터 청해성에 대한 패권을 빼앗은 귀문은 감숙성과 청해성 일대에서 그 세를 불리고 있었다. 귀문이 무림에 모습을 드러낸 지 일 년여.

애초에 천귀를 비롯하여 일곱 귀영과 그들이 훈련시킨 삼십여 명의 귀혼을 제외하고 수백여 명의 무인을 규합해 점차 거대한 세력으로 변모하고 있었다. 이미 삼십여 명의 귀혼만으로 청해성에서 마교를 몰아낸 전례가 있었고, 그 이후 크고 작은 다툼에서 마교에게 단 한 차례의 패배도 하지 않았다. 수백여 명의 부상자가 생긴 마교와는 달리 단 한 명의 희생자도 없었다는 사실만으로도 그들이 얼마나 강력한 무력을 가진 것인지 유추할 만했다.

"그보다… 귀왕."

"무엇인가?"

"얼마 전 은귀가 일전에 명하신 일에 대해 보고차 들렀습니다."

"음……."

일전에 그가 명한 것은 바로 자신의 어미에 대한 것이었다. 흘러가는 말로 지시한 것이었으나 구문에 있어서 귀왕의 말은 곧 율법. 은귀는 그날 이후 다섯 명의 귀혼과 함께 무림으로 나갔다. 자신이 주량이라는 이름을 가지고 있으며, 황가의 핏줄임을 적어둔 간략한 천 조각 이외에 아는 것이라고는 한 가지도 없던 그였다.

"되었다. 지금은 그런 것이 중요하지 않겠지. 어미를 찾는 것은 대업을 이룬 이후다. 은귀에게 후에 보고를 받겠다 하라."

"알겠습니다."

"그보다… 팔기군이 움직였다 들었다."

"예. 현재 호북성 정무협을 치기 위해 팔기군이 움직였다고 합니다."

"정무협을?"

"예. 개방도에 의해 산서성주 척일도가 시해되었고, 황제는 개방과 관련된 모든 인물에 대한 말살을 명한 것으로 알려졌습니다."

"그렇군. 재미있는 일이 발생했군."

"그렇습니다. 아마도 정무협은 그 뿌리째 파여 나갈 것입니다."

"크크크, 누군지 모르지만 제법 머리를 굴린 모양이야. 안 그런가?"

"그렇습니다. 아마도 정무협을 쓰러뜨리기 위한 계책임이 분명합니다."

"그래, 오가회에서 그리할 리는 없고… 사흑련인가?"

"그리 예상하고 있습니다."

"크큭, 사흑련에도 제법 재미있는 놈이 있는 모양이군. 좋은 배짱이야. 황제의 분노를 이용하다니 말이야."

주량은 입꼬리를 말아 올리면서 웃었다.

"방시혁이라고 했나?"

"사흑련주 말씀입니까?"

"그래. 도제라 불린다지?"

"예. 화음현에서 남궁세가의 청풍검객을 패배시킨 이후 그리 불린다 들었습니다."

"한판 붙어보고 싶군. 분명히 강하겠지?"

"귀왕에 비하면 조족지혈에 불과합니다."

금귀는 무덤덤하게 대답했다.

"조족지혈이라… 그래도 한번 붙어보고 싶군. 그 역시 천하를 노리는 인물이 아닌가. 필시 강할 거야. 그렇지 않은가, 금귀?"

"……."

금귀는 대답하지 않았다.

"어쨌든 지금 중원무림에 어떠한 일이 일어나든 결국 무림은 우리 귀문의 것이 될 것이다. 단지 잠시 먼저 온 주인이 자리를 차지하는 것뿐이야. 금귀, 천귀에게 일러두어라. 사흑련이든 오가회든 누가 천하의 주인이 되더라도 신경 쓰지 말라고. 어차피 조만간 우리가 앉아야 할 자리니까."

"존명!"

주량은 대답과 동시에 사라지는 금귀에게 관심도 두지 않은 채 하늘을 올려다보았다.

'후후, 사흑련이라… 무림이라는 곳은 정말 재미있는 곳이야. 그렇지 않은가, 무명.'

구름이 흘러가는 하늘에는 일전에 만났던 무명의 얼굴이 아련히 새겨지는 것 같았다.

'자네가 나의 상대라면 좋았을 텐데… 후후.'

第八章
정무협의 위기

武林
건곤
무림군자

1

피웅!

밤하늘을 향해 붉은색의 신호탄이 쏘아져 올라왔다.

"신호군……."

붉은 신호탄은 진격하라는 의미였다. 하늘에 오른 불화살
에 의해 황기군을 비롯한 홍기군, 남기군이 세 갈래로 나누어
무당산을 향해 진격하기 시작했다.

남쪽의 황기군을 중심으로 동쪽으로는 남기군, 서쪽으로
는 홍기군의 수만 군세가 무당산에 진을 치고 포위했다.

사기군 중 기마군을 제외한 보군영(步軍營)의 보병들은 무
당산을 중심으로 수십 리에 디르는 산악에 진을 치고 탈주하

는 무인에 대한 척살을 준비하고 있었다.

　상삼기(上三旗)의 무장들이 모인 황기군의 본 진영.

　"너무 조용합니다. 이 정도 거리라면 뭔가 반응이 있어도
있어야 하지 않나요?"

　정홍기와 양홍기를 아울러 홍기군을 통괄하고 있는 홍기
장군 황연화가 고개를 갸웃거리며 남기장군 탑리격을 쳐다보
았다.

　"흥, 놈들이 반응해 보아야 얼마나 하겠는가? 어차피 힘 한
번 주면 모조리 쓰러질 놈들이다."

　"탑 장군, 무인들을 너무 우습게 보시는군요. 이미 이 중원
에서 천 년을 넘게 세월을 이어온 자들입니다. 만만히 보시다
가는 큰코다칠 겁니다."

　"흥, 두렵지 않다. 무인이랍시고 가슴을 펴고 사는 놈들 따
위."

　황연화의 말에 탑리격이 코웃음을 쳤다.

　"조용히 하라. 홍기장군의 말이 맞다. 정무협이라는 곳은
구파의 수장들이 모인 단체. 우습게 보지 않는 것이 좋다. 고
수라 불리는 자들 하나하나가 수백의 군세와 맞먹는다, 탑리
격."

　황인욱이 핀잔을 주었으나 탑리격은 그다지 수긍하는 듯
한 표정이 아니었다. 그 모습에 고개를 내저은 황인욱이 자신

의 부장 장용대에게 눈짓을 하자 그가 지형도의 앞에 서서 설명을 시작했다.

"황기군 제삼좌 참장 장용대가 금번 토벌에 대해 간략하게 설명을 드리겠습니다. 현재 정무협의 무리들은 이곳, 무당산에 집결해 있습니다. 현재 산정으로의 진입이 용이하지 않아 정확한 규모는 파악하지 못하였으나 적어도 일천 이상이 포진되어 있을 것으로 예상하고 있습니다. 또한 무당산은 기마의 출입로가 제한되어 보군과 노군으로만 진입이 가능할 것으로 보입니다."

"음, 보군과 노군인가?"

"예, 장군. 먼저 각 군의 참장들이 돌격조를 이끌고 적의 동측, 서측, 남측을 공격할 것이며, 후방에 노군을 위치시켜 공격할 생각입니다."

"예상되는 피해는?"

"미정입니다."

"음, 좋다. 그들의 퇴로는 봉쇄했는가?"

"그렇습니다. 퇴로는 현재 보군영의 보병 삼만이 무당산의 후방을 지키고 있습니다."

"음, 좋군. 하나 퇴로에 보군들만으로는 무리다. 좀 더 강한 무장들을 배치할 수 있도록.'

"알겠습니다. 하여 본진에는 대장군께서 위치하시고, 남기장군께서 돌격조를 맡아주시게 될 터이니 홍기장군께서 후방을 지휘해 주시면 감사하겠습니다."

장용대가 황연화를 보면서 말했다.

"흠, 알겠어요. 본녀가 후방을 맡죠."

"감사합니다."

"크흐흐, 돌격조인가? 잘되었군. 내 안 그래도 무인이라는 놈들의 실력이 궁금하던 차였지."

탑리격이 누런 이를 드러내면서 웃자 황연화가 또다시 핀 잔을 주었다.

"남기장군께선 조심하셔야 될 겁니다. 무턱대고 쳤다가는 창피를 당하실 수도 있어요."

"걱정 마시오. 이 탑리격, 전장에서 살아온 지 이십 년이 넘었소이다."

"……."

탑리격의 기세등등하기만 한 말에 황연화의 아미가 엷게 찌푸려졌다.

"좋아, 그럼 바로 출진한다. 폐하의 어지가 내려온 이상 최 대한 신속하게 토벌을 시작할 것이다."

"충!"

수만의 군세가 서서히 무당으로 움직이기 시작했다.

친군영(親軍營)의 육백여 무장을 필두로 갑주를 걸친 보병 들은 창검을 높이 들고 무당산을 올랐고, 노병이 뒤따르며 적을 경계했다. 볕에 반짝이는 무장들의 창검은 흉흉하기 그지 없었다.

본군이 무당의 해검지에 다다를 무렵, 그들은 마치 자신들을 기다리고 있는 듯이 앉아 있는 노인과 수백여 명의 거지를 보게 되었다.

"뭐야, 이 거지 새끼들은?"

"개방도인 모양입니다."

"개방도? 국구의 시해범으로 주목받는 녀석들 말인가?"

"예."

탑리격이 자신의 앞을 가로막고 선 그들의 초라한 행색을 쳐다보며 눈살을 찌푸렸다.

노인을 비롯한 거지들은 허름한 백의에 신발조차 신지 않은 개방도들이었다. 군세가 다가서자 걸개들을 이끌고 있던 적생이 천천히 일어났다.

"저 모습으로 막아보려는 생각인가? 멍청하기 짝이 없는 놈들이군. 노군에게 명해라. 지체할 시간이 없으니 모조리 고슴도치로 만들어 버리라고!"

"존명!"

탑리격의 명에 따라 참장이 노군에게 명했다.

"노군! 준비!"

지이이익.

두 명이 간신히 쏘아야 할 거대한 노에 쇠뇌가 장착되자 궁수들은 일제히 활시위를 당겼다.

"쏴라!"

핑! 피핑! 피핑!

당겨졌던 화살이 하늘을 검게 수놓으며 허공으로 날아올랐다.

쐐애액!

하늘 높이 올라가던 화살이 그 끝에 달하고 이내 방향을 바꾸어 지상으로 떨어져 내리기 시작했다. 하늘을 촘촘히 채워 마치 화살 비가 내려오듯이 개방도를 향해 날아들었다.

"황룡타구봉진(黃龍打狗棒陣)을 펼쳐라!"

꺾여가던 화살 비를 바라보며 적생이 웅혼한 목소리로 외치자 수백여 명의 걸개가 서로가 다른 동작을 취하며 화살 비를 막아갔다.

파가각! 피픽!

그들은 쏟아지는 화살 비를 쳐내며 개방의 거대 진법인 타구진의 면모를 유감없이 발휘하고 있었다. 수백여 명이 하나의 진을 구성하며 움직이는 희대의 진법은 개방주 적생이 그 중앙에 위치함으로써 더욱 큰 위력을 만들었다.

푸욱!

"컥!"

"켁!"

하나 어찌 인간의 몸으로 우중거(雨中去)가 가능하겠는가.

사람의 발자국 하나에 수어 발씩 떨어지는 화살비는 아무리 뛰어난 무공을 지니고 있다 해도 좀처럼 막을 수 있을 만한 것이 아니었다. 타구진을 구성했던 외곽의 걸개들이 하나둘 화살꽂이가 되어 쓰러지기 시작했고, 거대한 쇠뇌는 여지없이 걸개들을 꿰뚫어 버렸다.

"버티거라! 죽는 그 순간까지 개방도임을 잊어서는 안 된다! 죽는 그 순간까지 한 걸음도 물러서지 말라!"

또 한 번의 외침이 터져 나왔다. 적생과 개방의 장로들은 조금이라도 많은 걸개들을 살리기 위해 이곳저곳을 휘저으며 화살 비를 막아냈지만, 손으로 하늘을 가리지 못하는 것처럼 그 모두를 살릴 수는 없었다.

팍! 파파팍!

한참 동안을 이어진 화살 비의 향연이 끝났을 때, 수백이 넘던 개방도들 중 지면에 버티고 서 있는 자는 고작 일백이 조금 넘었다.

"멍청한 놈들. 참장! 장창수를 이용해 돌격조를 만들어라. 그 뒤는 무장들이 받친다."

"충!"

노병들이 물러나고 수십여 명의 장창수와 무장이 검을 빼들고 앞으로 나섰다.

"제일조, 출진!"

"와아아아!"

장창을 비껴든 보병들이 지면을 박차며 뛰쳐나갔다.

한두 명의 장창수의 공격은 무인들 입장에서는 가소롭기 짝이 없는 것에 불과했으나 수십여 명의 장창수는 달랐다. 걸개들은 찔러져 들어오는 장창을 막아내고, 손에 든 나무 몽둥이로 그들을 밀어냈다. 그러나 수십 개의 창날을 물림과 동시에 걸개들의 틈을 파고든 무장에 의해 난전이 펼쳐졌다.

살아남은 자들은 모두 뛰어난 걸개들이었으나 갑주를 입고 보검을 든 무장들과 싸우기에는 무리가 있었다. 그들의 장법은 갑주를 뚫지 못하였고, 기운을 머금은 타구봉은 그들의 갑주에 긁힌 상처만을 만들어낼 뿐이라 걸개들이 주춤거리면서 뒤로 밀려났다.

"이야압!"

까가가강!

서너 명의 무장이 갑주가 찌그러진 채 뒤로 밀려났다.

적생에 의해 휘둘러진 청죽봉은 무시무시한 기세로 무장들을 쓸고 지나갔고, 그때마다 서너 명의 무장이 정신을 잃고 바닥에 쓰러졌다.

적생의 활약에 힘을 얻은 개방도들은 다시금 진세를 구축하고 무장들을 밀어내기 시작했다. 그야말로 일진일퇴의 공방이 펼쳐졌다.

까득!

좀처럼 승부가 나지 않자 탑리격이 어금니를 깨물며 인상을 찡그렸다.

"거지 놈들, 꽤 하는군. 참장!"

"예!"

"화탄을 준비하라!"

"충!"

뿌우!

짧은 뿔피리 소리가 들리자 무장들이 검을 휘둘러 걸개들을 밀어내고 부상자들을 수습하며 재빨리 뒤로 물러났다.

"……!"

적생은 어째서 적들이 물러나는지 알지 못했으나 알 수 없는 불안감에 걸개들에게 무장들을 쫓지 말 것을 명했다.

또그르르.

그 순간 개방도를 향해 무언가가 굴러떨어졌다.

작은 불꽃을 단 채로 사방에서 굴려져 나오는 동그란 구체는 걸개들을 공포에 빠져들게 하기에 충분했다.

화탄, 그것도 전쟁을 위해 만들어진 인마살상용 작열탄이었다.

"피해랏! 화탄이다!"

쾅!

콰쾅!

화탄이 삼 장여의 공간을 날려 버리면서 사방에서 폭발음을 만들어냈다. 무당산 전체가 뒤흔들리면서 울렸고, 걸개들은 화탄이 닿는 곳에서 조금이라도 물러나기 위해서 몸을 날렸다. 하나 폭발하는 속도를 따라잡지는 못했다. 화탄이 터진 곳에 위치했던 수십의 걸개가 이미 쓰러져 있던 동료들의 시신과 함께 한 줌의 핏물과 살덩이로 변해 산화했다.

꽈광!

사방에서 화탄이 터지자 적생이 어금니를 깨물면서 자신의 앞으로 오는 화탄을 걸어차 버렸다.

쾅!

쾌속하게 날아간 화탄이 물러나는 무장들에 부딪치면서 터져 나갔고, 갑옷을 입고 있었음에도 전신이 갈가리 찢겨 나갔다.

"으아악!"

십여 발이나 되는 화탄은 전세를 뒤바꾸어 버리기에 충분했다. 오로지 일신의 무공으로만 단련된 무인들이었으나 화탄의 폭발을 이겨낼 수는 없었다.

검은 연기가 걷히고 다시금 분위기가 가라앉자 해검지 일대가 드러나기 시작했다. 무장들에게도 피해가 아주 없었던 것은 아니지만 그 피해는 극히 미미했다. 하지만 개방의 걸개들 중 살아남은 것은 수십이 채 넘지를 못했다. 개방주 적생 또한 화탄에 의해 온몸에 붉은 피를 흘려대며 비틀거리고 있었다.

"꼴 좋군. 무인이라는 것들이 강해봤자지. 안 그런가, 참장?"

"그렇습니다."

적생은 노기 어린 눈으로 걸개들을 비웃는 탑리격을 노려보았다.

'부상자가 너무 많다. 놈들이 화탄까지 사용할 줄이야… 이대로 가다간 전멸은 불 보듯 뻔한 일. 승부를 내는 수밖에.'

적생은 입을 앙다문 채 결연한 표정을 지었다. 무릇 군대와 싸워 이기는 방법은 우두머리만 잡으면 되는 것이다. 그렇지 않으면 그들을 완전히 와해시키기 전까지 싸워야 하는 수밖에 없다.

"결국 우두머리는 저놈인가. 취개!"

"예, 방주!"

적생의 부름에 머리가 산발이 되어버린 노개가 대답했다.

"받아라."

적생이 취개를 향해 들고 있던 청죽봉을 던졌다. 무심결에 받아 든 취개는 그것이 개방의 신물이자 방주의 표식임을 알고 소스라치게 놀랐다.

"방주!"

"취개, 아이들을 물려라."

"방주! 안 됩니다!"

"반드시 살아나가라. 혹여 내가 죽게 되거든 살아남은 장로들을 이끌고 파옥하여 취아를 구명해 새로운 방주로 삼아라. 또한 취아에게 전하라. 앞으로 개방은 절대 무림에 나서지 않는다. 설령 무림이 사라지는 한이 있어도 절대 나서지 말라 전하라."

"방주!"

"앞으로 방주는 소취개 취취다!"

말을 마친 적생이 바닥에 떨어진 타구봉 하나를 들고 쏘아지듯이 군진을 향해 날아갔다. 취개는 그의 뒷모습에 인상을 찡그리다가 살아남은 걸개들을 향해 외쳤다.

"전원 퇴진한다! 모두 무당산을 벗어나라!"

걸개들은 취개의 말에 어리둥절한 표정을 지었으나 곧 취개가 자리를 피하자 그 뒤를 따라 몸을 날렸다.

"잡아라! 놈들을 잡아!"

걸개들이 사방으로 흩어지자 탑리격이 인상을 찡그리며 외쳤다.

"흥! 누가 그리되도록 내버려 둔다더냐! 받아라! 타구봉법(打拘棒法)! 천하무구(天下無狗)!"

허공에 떠오른 적생의 손에 들린 목봉에서 강맹한 기운이 쏟아져 나오기 시작했다. 천하무구(天下無狗), 하늘 아래 개 한 마리 남기지 않겠다는 초식의 이름처럼 사방을 향해 마구잡이식의 휘두름이 시작되었다.

빠바바박!

퍼퍼퍽!

땅! 가가각!

신들린 듯 휘둘러지는 적생의 목봉에 무장들과 보병들이 여지없이 무너져 나갔다.

"이런 젠장! 뭐 하는 것인가! 놈을 막아라!"

화가 머리끝까지 오른 탑리격이 고래고래 소리를 지르며 수하들을 채근했다. 하지만 적생은 무장들을 쓰러뜨리며 점차 탑리격을 향해 다가서고 있었다.

까강!

또 한 명의 무장이 쓰러지고 마침내 탑리격과 마주한 적생.

"이 거지 놈이!"

채앵!

탑리격 또한 군부를 지탱하는 최강의 무장. 무예라면 어디에 내놓아도 모자라지 않을 실력이었다.

파앙!

적생의 타구봉이 빛처럼 휘둘러지고 탑리격이 검으로 막아갔다.

타탕! 깡! 까강!

한 호흡 만에 수십여 초의 공방이 펼쳐졌다. 탑리격은 이름난 무장답게 쉽사리 밀리지 않았다. 하나 차츰 시간이 더해갈수록 손목이 시큰거리고 손아귀에 닿는 충격에 검을 제대로

잡을 수가 없었다.

깡!

결국 탑리격은 검을 놓치고 말았다.

"······!"

어느새 탑리격의 말 위에 오른 적생이 그의 투구를 쳐내고 천령개에 수도(手刀)를 겨누었다.

"네놈이 감히!"

"조용히 해라! 나도 머리가 울리니까. 지금 당장 군세를 무당산 아래로 물려라!"

"뭐라고?"

"죽고 싶은 것이더냐!"

반발하고 싶었으나 적생의 호통 소리와 온몸에서 느껴지는 살기에 아무 말도 하지 못하고 탑리격은 어금니만 깨물었다.

"군세를 물리라 하지 않았나!"

"네··· 놈이······."

"정녕 죽고 싶은가!"

소리치는 적생의 수도로 기운이 몰려들었다.

"전원, 본진으로 퇴각한다!"

정말로 죽을 수도 있다는 생각에 탑리격이 아랫입술을 깨물며 외쳤다. 그리고 목숨을 구걸한 자신이 부끄러워 얼굴이 시뻘겋게 달아올랐다.

무장들은 어쩔 수 없이 퇴각을 명했그, 보병들이 천천히 물러나기 시작했다. 대장이 잡혀 버렸으니 더 이상 버티는 것은 무리였다.

"돌아가라!"

적생은 군세가 완전히 물러나자 그를 풀어주었다. 자신을 죽이지 않자 의아스럽게 생각하던 탑리격이 한참 적생을 바라보았다.

"어째서 살려주는 거지? 죽여라! 적에게 잡힌 무장이 살아 돌아가는 것은 최대의 치욕이다!"

"흥, 살려줄 때 순순히 꺼저라."

"네놈… 나를 살려주면 또다시 수하들을 이끌고 공격해 올 것임을 모른단 말인가?"

"안다. 다시 오겠지. 하나 그때마다 나는 네놈들을 막아낼 것이다. 이곳은 무당산을 오르는 정문과 같은 곳이다. 나는 네놈들 중 단 한 놈도 이 길을 지나가게 두지 않겠다."

단호할 정도로 자신만만한 적생의 모습에 탑리격이 한참을 노려보다 말 머리를 돌렸다.

얼마 후.

팔기군의 공격은 또다시 시작되었다. 이미 적생은 흘러내린 피가 온몸을 적서 혈신과도 같이 변해 버렸다.

"과연… 우리가 잘하고 있는 것입니까?"

무당파의 정문.

해검지가 내려다보이는 곳에서 미추홀을 비롯한 각파의 수장들이 침중한 안색으로 적생과 팔기군의 대치를 바라보고 있었다. 미추홀이 물었으나 아무도 대답하지 못했다.

"정녕 개방주님이 홀로 싸우시게 두는 것이 옳은 것입니까?"

개방주가 개방의 걸개들과 함께 나선 이유는 오직 한 가지뿐이었다. 척일도를 암살했다는 오명을 씻기보다는 스스로의 자존심을 지키려 하는 것이고, 그들이 구파에 짐이 되지 않고자 하는 것이었다. 적생은 지금 목숨을 걸고 팔기군에 맞서고 있었다.

지금 이 자리에 모인 모두가 개방이 결백함을 알고 있었다. 하지만 자파의 생존을 위해 팔기군에 무릎을 꿇으려 하는 것이다.

과거 청조가 건립되었을 때처럼 무릎을 꿇고 고개를 숙여 봉문이라도 할 수 있다면 다행이라 생각하고 있는 것이었다.

"저는 스승님으로부터 정파의 자존심과 의기에 대해 배웠습니다. 하지만 지금의 정파의 모습이 과연 정파입니까? 세파에 휩쓸려 스스로의 자존심도 지키지 못하는 것이 어찌 정파입니까?"

미추홀이 화산의 장로, 일로검객 한청운을 바라보았다.

"저는 무인입니다. 죽음이 닥쳐올지라도 자신의 의지를 지켜가는 그런 무인이고 싶습니다. 죄송합니다, 한 장로님."

미추홀은 지금 이 순간 개방주를 구하겠다 마음을 먹었다.

그리고 자신으로 인해 화산의 이름이 사라지게 될 것이라
는 걸 알면서도 나서려는 것이다.

"미추홀 사숙……."

"미안합니다. 저는 개방주님을 내버려 둘 수 없군요."

빠각!

적생의 허리가 꺾였다. 뒤로 밀려난 적생은 거친 숨을 내몰
아쉬며 가까스로 몸을 세웠다. 벌써 한나절이나 계속된 싸움
에 내력이 바닥난 지 오래였다. 차츰 무장들의 검날이 몸에
닿아 상처가 생겨나고 있었고, 너무도 많은 피를 흘린 탓에
어지러움마저 밀려오고 있었다.

'허, 결국 여기서 죽는 겐가.'

적생은 문득 웃음이 났다.

웃고 있었지만, 얼굴이 붉게 물든 그의 눈에서는 귀기가 흘
러나오고 있었다. 무장들은 소름 끼치도록 강렬한 그의 안광
에 함부로 치고 들어가지 못하고 있었다.

"사로잡을까요?"

적생을 노려보던 참장이 탑리격을 향해 물었다.

한 번의 패배 이후 다시금 군사를 몰고 온 탑리격이었지만
이번에는 활과 노를 사용하지 않았고 화탄도 사용하지 않았

다. 오로지 군진에 의한 공격만을 고집했다. 분명 다른 길을
통해 무당산을 오를 수도 있는 일이었으나 탑리격은 단 한 명
의 군사도 빼지 않았다. 오로지 적생이 가로막고 있는 해검지
만을 향해 모든 군세를 집중하고 있었다.

"닥쳐라!"

은은한 노기가 어린 탑리격의 목소리가 참장을 향했다.

"전력으로 부딪쳐서 그의 목을 벤다. 그것이 뛰어난 무인
에 대한 예우다."

적생에게서 한 번도 눈을 떼지 않은 탑리격은 어느새 적생
이라는 무인에게 반해 있었다. 평생을 전쟁터에서 살아온 장
수인 그는 적생의 정신력과 물러나지 않은 그의 의지를 존중
하고 있었다.

"참장! 무장 열을 준비하라!"

"충!"

가까스로 몸을 세우고 있는 적생을 향해 무장들이 검을 빼
들고 천천히 다가섰다.

'후우, 눈이 흐려지는군. 이제 끝인가?'

휘이잉.

눈이 감겨 쓰러지려는 적생을 향해 무장들의 검이 휘둘러
졌다.

우우우우!

그 순간 거대한 장소성과 함께 하늘 가득히 매화꽃이 떨어

져 내렸다. 적생을 향해 달려들었던 무장들은 수많은 검기에 난자당하며 갑옷과 함께 베어져 나갔다.

"매화검기! 난화천!"

적생은 자신을 안아 든 미추홀을 보며 미소 지은 채 정신을 잃었다.

2

"주군!"

마교주 양학명이 수하의 보고를 받고 급히 달려와 아뢰었다.

"웅?"

벌써 며칠째 무명과 논검과 비무를 겸해가며 신이 나 있던 양학명이 인상을 찌푸리며 대답했다.

"뭐냐?"

"무당이 팔기군에 의해 공격받고 있습니다."

"뭐? 팔기군이 뭐 하러?"

"척일도가 시해되었습니다. 시해의 주범은 개방인 것으로 밝혀졌고, 그로 인해 팔기군의 수장들이 정무협의 본산인 무당으로 진격한 것으로 알고 있습니다. 현재 개방주가 홀로 해검지에서 팔기군과 싸우고 있다 합니다."

귀찮아하는 표정을 지었던 양학명의 얼굴이 눈에 띄게 굳어졌고, 송학 도장 역시 깜짝 놀란 표정을 지었다.

"적생이?"

"예."

"적생이 그런 일을 할 리가 없다! 필시 누군가의 음모가 아닌가!"

마치 따지듯이 말하는 송학 도장은 무척이나 흥분한 모양이었다.

"그것까지는 알려진 바가 없습니다. 문제는 황제의 어지가 내려왔다는 것입니다."

"으드득."

양학명의 어금니가 거세게 갈렸다.

"가세!"

양학명이 송학 도장에게 말했다.

"음, 하나 그리되면 그 친구와의 약조를 어기는 셈이지 않은가?"

"아네. 하나 친구의 죽음을 모른 체할 수는 없지 않은가? 분명 정파의 머리 빈 놈들은 황제의 분노가 무서워서 나 몰라라 하고 있을 것이고, 적생 혼자서는 절대로 팔기군을 막아세울 수는 없다. 팔기군은… 생각보다 강하다."

"음……."

"가자! 만생! 해검지로 한걸음에 달려간다!"

"존명!"

양학명이 장포를 휘날리며 일어나자 그의 호법들이 그 뒤를 따랐다. 전기봉의 아래로 쏜살같이 몸을 날리는 양학명의 모습에 잠시 고민하던 송학 도장이 자리에서 일어났다.

"어쩔 수 없군. 함께 가보세."

"알겠습니다."

벌써 사라져 버린 양학명을 따라 송학 도장이 몸을 따랐고, 무명과 모용찬 역시 그 뒤를 따라 전기봉 아래로 몸을 날렸다.

第九章

진동하는 강호

섬서성 화음현의 화산 연화봉.

본래 천하의 명산을 배경 삼아 수많은 도인들이 자리를 잡고 수련을 하던 곳이 하나의 문파가 되어 검공으로 그 명성을 떨치니, 사람들은 그들을 화산파라 불렀다.

장문인을 비롯한 대부분의 세력들이 빠져나간 화산파에는 일부의 무인들만이 남아 상청관을 지키고 있었다.

연화봉과 자소봉을 둘러 담벼락이 지어지고, 절벽 면에 거대한 전각들이 들어서 있으나 정문을 제외한 곳에는 아무도 지키지 않았다. 대화산이라는 자부심이기도 했지만 절벽을 타고 올라올 이가 없다 판단했기 때문이다.

"휴, 썰렁하구만."

"그러게 말이야. 뭐, 어쩔 수 있나. 지금 시해 사건 때문에 난리가 아니니."

"하긴 그렇구만. 어찌 해결될지……."

정문을 지키던 자소와 자현은 두런두런 이야기를 나누면서 시간을 때우고 있었다.

"그나저나 조금 으슬으슬하지 않아?"

"그러고 보니 그렇네. 아직 겨울이 되려면 시간이 좀 남았는데… 올해는 유난히 겨울이 빨리 찾아올 모양이군."

"하여간, 일이 잘 해결되어야 할 텐데. 십 년 전처럼 또 봉문이라도 하게 되면 큰일 아닌가?"

"저런, 그런 소리 말게. 이번에는 내가 협행을 나갈 차례인데 봉문이 되어버리면 또 몇 년을 기다려야 할지도 모르지 않은가?"

그들이 말하는 협행이란 무림 출도를 말하는 것이었다.

화산의 제자들은 일정 수준이 되면 무림에 나가 경험을 쌓고 각파를 돌며 얼굴을 익히기도 했다. 자소는 운 좋게 삼 년 전에 협행을 했고, 자현은 이제 막 그 시기가 된 것이었다.

"어쨌든 말이야. 내 이번에 협행을 나가면 반드시 여인을 만나볼 생각이네."

"예끼! 도사가 될 사람이 하는 말하고는……."

"왜 그러나, 도사는 사내가 아닌가? 사형들이 하는 말을 들어보니 모두 한 번씩은 경험이 있다고 하더구만. 청운 사형이 말이야, 예전에⋯⋯."

자현이 자신이 들었던 이야기를 막 하려는데 자소의 표정이 심상치 않았다.

"응? 왜 그래?"

"그게⋯ 저기⋯⋯."

"뭐가?"

자현이 자소의 손가락을 따라 고개를 돌렸다.

"뭐지, 저게?"

어둠이 가득한 화산파의 전각 중 한 곳에서 붉은 불길이 치솟았다. 하나이던 불길은 점차 커져 가고 갑자기 사방에서 불길이 솟아올랐다.

"⋯⋯!"

"⋯⋯!"

자소와 자현은 서로의 생각을 확인하듯 얼굴을 마주 쳐다보곤 동시에 외쳤다.

"불이야!"

"끄아악!"

날카로운 비명성이 연화봉 전체를 울렸다. 목이 베어지며 뜨거운 피를 분수처럼 쏟아낸 화산의 무인은 시체가 되어 쓰러졌다.

"으악!"

화산파의 곳곳에서 창검 부딪치는 소리와 비명성이 울려 퍼졌다.

막아보려 검을 꺼내 든 자는 검과 함께 베어져 나가 버렸고, 잠에서 덜 깬 자들은 정신도 차리지 못한 채로 죽었다. 한밤중에 화산을 공격한 흉수들은 그 손속이 잔인하기 그지없었다.

크아아앙!

거친 짐승의 표효가 화산을 깨우고, 휘둘러진 앞발을 이기지 못한 무인들이 종잇장처럼 찢겨 나갔다.

공수일체라는 말처럼 짐승을 부리는 무인들은 저돌적이고 강했다. 그들은 닥치는 대로 부서뜨렸다. 그들이 죽인 시신의 일부는 짐승들의 먹이가 되었다.

불타오른 전각은 벌써 소진되어 무너져 내렸고, 그나마 타지 않은 건물이라고는 서너 개뿐이었다.

"꿀꺽."

화산의 무인들은 매화검을 꺼내 짐승과 그 짐승들의 주인을 위협했다. 모두가 무당산으로 떠나고 남은 무인은 고작 수십 명뿐이었다. 화산을 오른 수백여 명의 침입자를 막아내기에는 턱없이 부족했다.

"큭큭큭, 어차피 모두 죽을 목숨이다."

야수문의 흑표 공야청이 비웃음 가득한 눈으로 화산의 무인들을 쓸어보았다. 남아 있는 것이라고는 저들이 다였다. 그런데 어째서 독서생이 가장 위험한 곳이라고 표현했단 말인가.

"모조리 죽여라. 모든 전각을 불태우라!"

야수문의 무인들이 짐승과도 같은 울음소리와 함께 화산의 무인들을 향해 몸을 날렸다.

"물러나지 마라! 모두 매화검진을 펼쳐라!"

장로 진노백은 남아 있는 화산의 무인들을 독려해 야수문의 무인들에 맞서갔다.

쉬리릭! 까강!

수십여 개의 매화 검기가 춤추듯이 피어오르고, 수십여 마리의 짐승이 격렬하게 울부짖으며 어우러졌다.

야수들의 발톱에 피가 튀어 오르고, 검이 부러져 나갔다.

시간이 흐를수록 불길은 거세어져 전각들이 무너져 내렸고, 화산의 피해는 점점 더 심해지고 있었다.

"크아아아!"

공야청이 오른손을 마치 짐승의 앞발처럼 휘둘렀다.

까강!

"큭!"

진노백의 신형이 서너 걸음이나 뒤로 밀려나며 얼굴을 잔뜩 일그러뜨렸다. 공야청은 번뜩이는 눈으로 진노백의 주위를 배회하며 빈틈을 노렸다.

"공야청! 네놈이 감히!"

야수문을 보았을 때 느낀 것이지만, 그들은 분명 사흑련이었다.

그들이 어째서 화산을 공격한 것인지 진노백은 이해가 되지 않았다. 척일도의 시해 사건 이후로 전 무림이 숨을 죽이고 있는 때가 아닌가.

"사흑련이 어째서……."

진노백의 물음에 아무런 대답도 없는 공야청의 신형이 또다시 움직이기 시작했다.

팍!

진노백의 주위를 배회하던 공야청의 오른발이 강하게 지면을 밟으면서 진노백의 전면을 쇄도해 들었다.

발톱처럼 세운 오른손이 거세게 휘둘러지며 가슴을 노리고 들어왔다.

쩡!

검을 들어 막아내자 쇳소리와 같은 충돌음이 퍼져 나왔고, 그 힘을 완전히 이겨내지 못한 진노백은 일부러 퇴보를 밟아 그의 공격권에서 벗어나려 했다. 그러나 먹잇감을 놓친 공야청이 재빨리 도약하며 진노백의 머리 위로 날아들었다.

'젠장할!'

욕지거리가 절로 나왔다.

슈와와악!

"매화만……."

진노백은 검로를 틀어 허공을 향해 휘두르려 했으나 끝까지 초식을 펼쳐 낼 수가 없었다. 허공을 날아온 공야청의 양손이 교차하듯이 휘둘러져 진노백의 가슴을 긁어내듯 스쳐 지나갔다.

푸하학!

열십(十)자의 상처가 생겨나고 핏물이 튀어 올랐다.

"크헉!"

진노백의 신형이 쓰러지자 공야청이 그 위를 밟고 섰다.

"크아아앙!"

공야청의 흑표가 고개를 쳐들고 울부짖었다. 그것은 마치 승리를 만끽하는 듯한 소리였다.

"장로님!"

온몸에 자잘한 상처를 입은 화산 무인들이 쓰러진 진노백을 보고 깜짝 놀랐다. 현재 화산에 남아 있는 고수라 하면 몇몇 제자들과 그들을 이끌고 있는 진노백이 유일한데 그가 쓰러졌으니 이제 어찌한단 말인가. 화산 무인들의 눈에선 차츰 전의가 빠져나갔다.

"크크크, 싸울 의지를 잃은 것인가? 하나 포로는 필요없다. 모조리 죽인다!"

"크아아앙!"

공야청과 야수문의 무인들은 잔인하게 웃으며 다시금 화산의 무인들을 향해 공격해 들어갔다. 그러나 전의를 잃어버린 화산 무인들은 더 이상 아무런 대항도 하지 않았다.

『무림군자』 제4권에 계속…

武林君子
무림군자
장진영 新무협 판타지 소설

무림은 그를 영웅이라 불렀고,
그는 자신을 소인이라 칭했다.

"사람이 가져야 할 것 중 가장 기본은 인의(人義). 자신이 정한 바
를 흔들림없이 나아가는
것이 바로 군자의 도(道)다."

얽히고설킨 그들의 인연에 의해 시간의 수레바퀴가 돌아가고,
숨죽였던 무림이 풍룡과 함께 웅대한 날개를 펼친다!!

유행이 아닌 자유추구 -
WWW.chungeoram.com
Book Publishing CHUNGEORAM

대사부

임영기
新무협 판타지 소설

천하제일 사고뭉치며 천하제일 기세를 지닌
천하제일 사파 후계자가 천하제일 문파를 계승하여
천하제일 성녀와 사랑하고
천하제일 거대 음모와 맞선다

大邪夫

"누구든지 덤벼봐. 내가 바로 기개세야.
천하제일 기개세 말이야."

유행이 아닌 자유추구 -
WWW. chungeoram.com
Book Publishing CHUNGEORAM

검의 길을 걷길 원했지만, 태생적인 한계로
꿈을 접어야 했던 치유사 랑스.
그러나 결코 접을 수 없었던 지고(至高)의 꿈을 위해,
자신이 가진 모든 재능을 이용해 최강의 적과 맞서 싸운다!

총탄과 포탄과 마법이 난무하는 전장의 한복판을 지배하는 최강의 전력 기사!
그런 기사에 맞서기 위해, 랑스는 금지된 힘에 손을 대고야 마는데……

과학과 문명이 발달된 새로운 판타지의 전쟁!

THE PANDORA COMPANY

PANDORA

판도라

류승현 퓨전 판타지 소설

유행이 아닌 자유추구 -
WWW.chungeoram.com
Book Publishing CHUNGEORAM